酒徒

T H E
DRUNKARD

人民文学出版社

**图书在版编目（CIP）数据**

酒徒／刘以鬯著；梅子编 .－－北京：人民文学出版社，2024
ISBN 978－7－02－018319－7

Ⅰ.①酒 … Ⅱ.①刘 … ②梅 … Ⅲ.①长篇小说－中国－当代 Ⅳ.①I247.5

中国国家版本馆 CIP 数据核字（2023）第 204691 号

责任编辑　陈彦瑾
装帧设计　黄云香
责任印制　苏文强

出版发行　人民文学出版社
社　　址　北京市朝内大街166号
邮政编码　100705

印　　刷　三河市宏盛印务有限公司
经　　销　全国新华书店等

字　　数　189千字
开　　本　880毫米×1230毫米　1/32
印　　张　10.5　　插页5
印　　数　1—6000
版　　次　2018年6月北京第1版
印　　次　2024年3月第1次印刷

书　　号　978-7-02-018319-7
定　　价　59.00元

◆ 1941 年上海圣约翰大学作者毕业照 ◆

1960 年作者与夫人罗佩云摄于香港

◆ 创作《酒徒》时的作者 ◆

寫在《酒徒》重印本之前　劉以鬯

《酒徒》於一九六二年十月十八日開始在《星島晚報》
連載，到一九六三年三月三十日全文刊完。刊完後，本
港海濱圖書公司馮先生來書找我，說是願意出
版這本書。我欣然答應。初版出於一九六三年十月，印數很少，
沒有再版。《酒徒》的初版（一九六三年十月印的）由海濱出版，一直
不清楚。估計不會超過兩千。初版售出後，海濱一直
沒再版。一九七四年三月，遠景出版事業公司出
了此書的台灣版。李繼陸為《酒徒》撰寫一個
中譯。

《酒徒》的第二版出版於一九六三年。新版出如於
一九七九年，前後相距十六年，但書重排，開海及
的，很少受時間的變遷不減低它的影
響力。（一九七九年五月三十日出版再版。最後版）

《酒徒》在出了三版，第三版出於一九
七九年十月。

*

是金石圖書貿易有限公司的負責人，一直在為推動新
畫文學作出努力。他願意重印《酒徒》，
時欣喜。這是一件值得高興的事，我很喜歡
著的心情特《酒徒》重遠一函，改正了一些錯字
和詞句。

《酒徒》的於重印出版，除了何、林兩位外，還要
感謝新版播文還給我的海濱圖書公司。也斯、
陳寶珍同意將他的新作收書的，在此向他
們的表示衷心的感謝。

一九五五年五月二十日

◆　作者手迹　◆

# 目  录

# 编者的话

梅　子

《酒徒》"写一个因处于这个苦闷时代而心智不十分平衡的知识分子怎样用自我虐待的方式去求取继续生存"（见《序》），是香港作家刘以鬯先生名闻遐迩的代表作之一。一九六二年十月十八日起连载于香港《星岛晚报》副刊，翌年三月三十日全文刊完。随后，香港海滨图书公司冯若行先生向作者表示，愿意为它出版单行本；同年十月，《酒徒》最初的图书版本在香港问世。

一九七九年三月和一九八五年九月，台北远景出版事业公司和北京中国文联出版公司先后首次在两地重排印行。

此外，一九九三年四月和二〇〇三年七月，另有香港的金石图书贸易有限公司版和获益出版事业有限公司版（作者修订版）分别重排印行；二〇〇〇年七月，有北京解放军文艺出版社重排版印行；二〇一五年十月，有台北行人文化实验室（行人股份有限公司）重排加注版印行。这个加注版有《新版前记》和《序》：前者沿用二〇〇三年获益版的《〈酒徒〉新版序》，并在文末加写一段话如下："二〇一五年八月，黄劲辉导演拍摄我的纪录片《1918》接近尾声，片长约两个小时。全赖他四方筹募资金，制作长达六年，十分严谨。电影在台湾公映前，行人出版社支持《酒徒》在台湾再度出版，并提供严谨注释，希望让台湾读者更容易理解一九七〇年代的香港作品。注解审订得到香港学者萧欣浩、宋子江等义务协助，我衷心感谢他们的帮助。"后者重用一九六三年《酒徒》香港海滨图书公司的《序》。

《酒徒》各种中文版于各地多次再版的现象，在香港小说出版史上实属罕见。

二〇一四年《酒徒》由韩国学者、釜山大学中文系金惠俊教授译成韩文，并于韩国京畿道坡州市创评出版社付梓。

《酒徒》出版后，评论家或誉之为"一部具有创意的小说"，"中国第一部意识流小说，自'五四'以来，穆时英以后，心理小说上的一次新的转机，一种大胆的尝试，一个创新的实验"；或归之为"文人小说"；或指之为"一本关于小说的小说"①……再次彰显了它的与众不同。一九九九年，《酒徒》入选《亚洲周刊》举办的"二十世纪中文小说一百强"，二〇〇〇年，又入选《香港笔荟》举办的"二十世纪香港小说经典名著百强"。要欣赏或研究香港现代长篇小说的成就，不能避开或忽略这部经典。为了让内地广大读者更方便阅读，二〇一八年，人民文学出版社与作者商定出版了这部

---

① 以上引文分别见于附录中振明、黄维樑、梁秉钧的文字。

小说的简注本，正文采用的是二〇〇三年七月香港获益出版事业有限公司推出的作者修订版。其中有些词语需要说明，还有部分外国人、地、书、电影的名称与内地通用译法有异，编者与出版社编辑特提供严谨注释，扫除了阅读的障碍。

本次出版的《酒徒》，除保留二〇一八年简注本的注释外，正文采用的是一九六三年十月香港海滨图书公司的初版本。编者在此基础上，改正了一些手民之误，规范了一些标点，对于作者本人、香港本地和特定时代的习惯用语、字词用法，以及量词、象声词、外文译名等未作改动，最大限度保留了原作风貌。本版还增加了作者手迹照、相片；在小说正文后附录一篇作者一九九三年的发言稿《我为什么写〈酒徒〉》和五篇评论的节录或全文，希望有助于读者的深入阅读和欣赏。关于《酒徒》的评论很多，迄今每年都有新作，其中也不乏新意，编者只列出《酒徒》问世后二十五年间部分评论的见解，时间和篇幅有限，自然谈不上求全，仅在举隅而已。

二〇一五年二月九日初稿
二〇二三年九月二十八日定稿于香港

# 序

刘以鬯

不管人类的生活方式怎样变换，作为一种艺术形式的小说，虽年轻，依旧有其存在的价值。不过，由于电影与电视事业的高度发展，小说家必须开辟新道路。

十九世纪的小说家，只需采用"自根至叶"的手法，将一个故事交代清楚，就算上乘的作品了。然而，用现代人的眼光来看，只写表面，忽略树轮，不但缺乏深度，抑且极不科学。"狄更斯笔下的人物都是平扁的。"E.M.福斯特说，"只有大卫·考伯菲尔①似有使其圆形的企图，但是这个人物的如此易于溶解，令人获得的感觉仍然是一个肥皂泡，而不是固体。"狄更斯在写大卫·考伯菲尔时，着墨浓沉，经常用自己的活力去摇撼书中人物。结果，在不知不觉中，竟将自己的生命也借给大卫了。纵然如此，大卫·考伯菲尔这个人物依旧是平面的，读者可以看到那些表面上的精细，却无法从其他角度去观察他的灵魂。

狄更斯无疑是一个伟大的小说家，但是那种"自根至叶"

---

① 大卫·考伯菲尔今通译大卫·科波菲尔。

4

的平面叙述绝对不能完全地表现更错综复杂的现代社会与现代人。

到了本世纪初，叔本华、尼采与佛洛依特①的新学说，使小说家在表现手法上，产生了极大的转变。特别是佛洛依特的心理分析学，使小说家的工作更加吃重了。小说家不能平铺直叙地讲一个故事就算，他需要组织一个新的体制。汤玛斯曼②广泛地运用了哲学的象征主义，将二十世纪工业社会的衰微视作一种不正常的越轨现象。这个观点，在他的《布腾勃洛克》③中，占据很重要的地位。但是，能够完全地将一幅复杂的心理过程描绘出来的则是 M. 普鲁斯特。他的《往事追迹录》是一部很长的小说，共有七卷，人物刻划得精细，令人惊骇。有人认为："这是一本混乱的书，组织很坏，没有外在的定型，不过，由于内在的和谐，使它的混乱仍能凝合在一起。"于此可见，内在真实的探求成为小说家的重要目的已属必需。J. 乔也斯的《优力栖斯》④以完全反传统的面貌使读书界见到了新的方向。这是一本以意识流手法为主的长篇小说，以冗长的篇幅写一九〇四年六月十六日那一天中发生在杜柏林⑤的事。

———————

① 佛洛依特今通译弗洛伊德。
② 汤玛斯曼今通译托马斯·曼。
③ 《布腾勃洛克》今通译《布登勃洛克一家》。
④ J. 乔也斯今通译詹姆斯·乔伊斯，《优力栖斯》今通译《尤利西斯》。
⑤ 杜柏林今通译都柏林。

意识流这个名称首先出现在心理学家 W.詹姆士①（按：小说家亨利·詹姆士的弟弟）的文章里。不过，第一个在小说里运用意识流手法的则是 E.杜牙丹②。杜牙丹的方法与后来 V.吴尔芙在《浪》中表现的"内心独白"极其相似。"内心独白"与意识流本身在思想的默诵上、在知觉上、在感受上都略有不同。

"内心独白"与"意识流"都是小说写作的技巧，不是流派。小说家在探求内在真实时，并不是非运用此种技巧不可的。作为一个现代小说家，必须有勇气创造并试验新的技巧和表现方法，以期追上时代，甚至超越时代。

许多人以为探求内在真实是一种标新立异的主张，其实，这是历史的必然发展。写实主义的没落，早已成为普遍性的现象。

写实主义，要求作家通过他的笔触"将社会环境的本来面目完全地再现"，这样做，其效果远不及一架摄影机所能表现的。现代社会是一个错综复杂的社会，只有运用横断面的方法去探求个人心灵的飘忽、心理的幻变并捕捉思想的意象，才能真切地、完全地、确实地表现这个社会环境以及时代精神。写实主义所采用的技巧与表现方法，都不能做到完全的地步，虽不至于背离事实，但也只局限于外在的、浮面

---

① W.詹姆士今通译 W.詹姆斯。

② E.杜牙丹今通译 E.杜雅丹。

的描写。

我们目下所处的时代是一个苦闷的时代，人生变成了"善与恶的战场"，潜意识对每一个人的思想和行动所产生的影响，较外在的环境所能给予他的大得多。

五四以来，大家对小说一直有个固执而又肤浅的看法，认为只有摹拟自然的写实主义的小说才是"正统"的小说，反之，即属标新立异。这样的观点，恕我直率地指出，实在是错误的。

文学史上所记载者，无非是各种"主义"的此消彼长的演变，如果没有"新的"代替"旧的"，文学本身就将永远停留在某一个阶段的水平上了。我们当然不能否定某一部作品在它的时代中所具有的特殊意义以及它在整个文学史上所占有的一定的位置，但是我们也没有理由反对一切新的、具有创造性的作品出现。

这本《酒徒》，写一个因处于这个苦闷时代而心智不十分平衡的知识分子怎样用自我虐待的方式去求取继续生存。

如果有人读了这篇小说而感到不安，那也不是出乎我意料之外的事情。

这些年来，为了生活，我一直在"娱乐别人"，如今也想"娱乐自己"了。

一九六〇年十月十六日于香港北角

# 酒　徒

# 1

生锈的感情又逢落雨天，思想在烟圈里捉迷藏。推开窗，雨滴在窗外的树枝上霎眼。雨，似舞蹈者的脚步，从叶瓣上滑落。扭开收音机，忽然传来上帝的声音。我知道我应该出去走走了。然后是一个穿着白衣的仆欧端酒来，我看到一对亮晶晶的眸子。（这是"四毫小说"①的好题材，我想。最好将她写成黄飞鸿的情妇，在皇后道的摩天大楼上施个"倒卷帘"，偷看女秘书坐在黄飞鸿的大腿上。）思想又在烟圈里捉迷藏。烟圈随风而逝。屋角的空间，放着一瓶忧郁和一方块空气。两杯拔兰地中间，开始了藕丝的缠。时间是永远不会疲惫的，长针追求短针于无望中。幸福犹如流浪者，徘徊于方程式的"等号"后边。

音符以步兵的姿态进入耳朵。固体的笑，在昨天的黄昏出现，以及现在。谎言是白色的，因为它是谎言。内在的忧郁等于脸上的喜悦。喜悦与忧郁不像是两样东西。

---

① 四毫小说，20世纪60年代初流行的，内容以奇情、惊险为主的通俗小说，由"三毫子小说"延续而来。每册约四万字，售港币四角（毫）。其中有些作者后来成了文坛名家。

——伏特加，她说。

——为什么要换那样烈性的酒？我问。

——想醉倒固体的笑，她答。

我向仆欧要了两杯伏特加。（这个女人有一个长醉不醒的胃，和我一样。）

眼睛开始旅行于光之图案中，哲学家的探险也无法从人体的内部找到宝藏。音符又以步兵的姿态进入耳朵："烟入汝眼"，黑人的嗓音有着磁性的魅力。如果占士甸①还活着，他会放弃赛车而跳扭腰舞吗？

——常常独自走来喝酒？她问。

——是的。

——想忘掉痛苦的记忆？

——想忘掉记忆中的喜悦。

固体的笑犹如冰块一般，在酒杯里游泳。不必想象，她在嘲笑我的稚嫩了。

猎者未必全是勇敢的，尤其是在霓虹丛林中，秋千架上的纯白，早已变成珍品。

一杯。两杯。三杯。四杯。五杯。

我醉了。脑子里只有固体的笑。

---

① 占士甸，即 James Byron Dean（1931 年 2 月 8 日—1955 年 9 月 30 日），美国电影演员。一生仅演过三部影片，但 1999 年被美国电影学会选为百年来最伟大的男演员，排名第十八。

## 2

我做了许多奇奇怪怪的梦。我梦见太空人在金星唱歌。我梦见扑克牌的"王"在手指舞厅①作黑暗之摸索。我梦见一群狗在抢啃骨头。我梦见林黛玉在工厂里做胶花。我梦见香港陆沉。我梦见她在我梦中做梦而又梦见了我。

我梦见我中了马票

我将钢笔丢掉了然后穿着笔挺的西装走进湾仔一家手指舞厅将全场舞女都叫来坐台我用金钱购买倨傲

然后我买了一幢六层的新楼

自己住一层

其余的全部租出去

从此不需要再看二房东的嘴脸也不必担心业主的加租

然后我坐着汽车去找赵之耀

赵之耀是一个吝啬的家伙

我贫穷时曾经向他恳借二十块钱他扁扁嘴将头偏过一边

---

① 手指舞厅，指低档小舞厅（舞苑）。来客不是用脚趾在地板上跳舞，而是用手指在伴舞者胸前"跳舞"。等而下之者是双方互在对方身上上下其手。

现在我有钱了

我将钞票掷在他的脸上

然后我坐着汽车去找张丽丽

张丽丽是一个势利的女人

我贫穷时曾经向她求过爱她扁扁嘴将头偏过一边

现在我有钱了

我将钞票掷在她的脸上

然后我坐着汽车去找钱士甫

钱士甫是一家出版社的老板

我贫穷时曾经向他求售自己的小说他扁扁嘴将头偏过
一边

现在我有钱了

我将钞票掷在他的脸上

然后我坐着汽车经过皇后道因为我喜欢别人用钦羡的目
光注视我

然后我醒了

真正的清醒。头很痛。乜斜着眼珠子,发现那个熟睡中
的女人并不美。不但不美,而且相当丑陋。她的头发很乱。
有很多脱落的头发散在枕头上。她的眉毛长得很疏。用眉笔
画的两条假眉,经过一夜的辗转反侧,各自短了一截。她的
皮肤也相当粗糙,毛孔特别大。(昨天在那餐厅见到她时,她
的皮肤似乎很白净很细嫩,现在完全不同了,究竟什么道理?

也许因为那时的灯光太暗，也许因为那时她搽着太多的脂粉，也许那时我喝醉了，也许……总之，现在完全不同了。）她的鼻子有着西洋人的趣味，事实上，以她的整个脸相来看，只有鼻子长得最美。她的嘴唇仍有唇膏的痕迹，仔细看起来，像极了罐头食物里的浸褪了色素的樱桃。但是，这些还不能算是最丑恶的。最丑恶的是：眼梢的鱼尾纹，隐隐约约的几条，非用香粉填塞，不能掩饰她的苍老。她已不年轻，可能四十出头，但是在黝暗的灯光下，搽着太浓的脂粉，用醉眼去欣赏，她依旧是一朵盛开的鲜花。

她睡得很甜，常常在迷蒙意识中牵动嘴角。我无法断定她梦见了什么，但是我断定她在做梦。当她转身时，她舒了一口气，很腥，很臭，使我只想作呕。（如果不是因为喝多了几杯，我是绝对不会跟她睡在一起的。）我一骨碌翻身下床，洗脸刷牙，穿衣服，将昨天下午从报馆领来的稿费分一半塞在她的手袋里。我的稿费并不多，但是我竟如此的慷慨。我是常常在清醒时怜悯自己的，现在我却觉得她比我更可怜。我将半个月的劳力塞在她的手袋里，因为此刻我已清醒。离开酒店，第一个念头便是喝酒。我走进士多买了一瓶威士忌，回到家里，不敢喝。我还要替两家报馆写连载的武侠小说。摊开 25 × 20 = 500 的原稿纸，心里说不出多么的不自在。（这两个武侠小说已经写了一年多，为了生活，放弃自己的才智去做这样的文章，已经是一件值得诧异的事了；更奇的是：读者竟会随同作者的想象去到一个虚无缥缈的境界，且不觉其惮烦。）我失笑了，走去揭开酒瓶的盖头，斟了一杯。（如果可能的话，我将写一个中篇小说，题目叫作《海明威在香港》，说海明威是一个贫病交迫的穷书生，每天以面包浸糖水充饥，千锤百炼，完成了一本《再会吧，武器！》①到处求售，可是没有一个出版商肯出版这部小说。出版商要海明威改写武侠小说，说是为了适应读者的要求，倘能迎合一般读者的口味，不但不必以面包浸糖水充饥，而且可以马上买楼坐汽车。海明威拒绝这样做，出版商说他是傻瓜。回到家里，他还是继续不断地工作，完成《钟为谁敲》②时，连买面包的钱也没有了。包租婆将他赶了出来，将他睡过的床位改租给一个筲箕湾街边出售"肾亏药丸"的小贩。海明威仍不觉醒，捧了《钟为谁敲》到处求售，结果依旧大失所望。只好将仅剩的一件绒大衣当掉，换了几餐饭和一堆稿纸，坐在楼梯底继续写作。天气转冷了，但是他的写作欲依旧像火一般地在内心中熊熊燃烧。有一天清晨，住在二楼的舞女坐着汽车回来，发现楼梯底躺着一具尸首，大声惊叫，路人纷纷围拢来观看，谁也不认识他是谁。警察走来时，死者手里还紧紧握着一本小说的原稿，题目是:《老人与海》！）我又失笑了，觉得这个想念很有趣。我喝了一口酒，开始撰写武侠

---

① 《再会吧，武器！》今通译《永别了，武器》。

② 《钟为谁敲》今通译《丧钟为谁而鸣》。

小说。（昨天写到通天道人要替爱徒杭雨亭复仇，然而仇人铁算子远在百里之外，该怎样写呢？）我举起酒杯，一口呷尽。（有了！通天道人用手指夹起一支竹筷，呵口气在筷子上，临空一掷，筷子疾似飞箭，飕的一声，穿山而过，不偏不倚，恰巧击中铁算子的太阳穴！）

一杯。两杯。三杯。四杯。

搁下笔。雨仍未停。玻璃管劈刺士敏土①，透过水晶帘，欲窥远方之酒涡。万马奔腾于椭圆形中，对街的屋脊上，有北风频打呵欠。

两个圆圈。一个是浅紫的三十六，一个是墨绿的二十二。

两条之字形的感觉，寒暄于酒杯中。秋日狂笑。三十六变成四十四。

有时候，在上的在下。有时候，在下的在上。俯视与仰望，皆无分别。于是一个圆圈加上另一个圆圈，当然不可能是两个圆圈。

三十六与三十六绝不相同。在上的那个有两个圆圈，在下的只有一个。

秋天在 8 字外边徘徊。太阳喜欢白昼，月亮也喜欢白昼，但是，黑夜永不寂寞。谁躺在记忆的床上，因为有人善于玩弄虚伪。

---

① 水泥早期叫作"士敏土"，是英语 cement 的音译。

与 8 字共舞时，智慧齿尚未出齐。忧郁等于快乐。一切均将消逝。

秋天的风迟到了，点点汗珠。

我必须对自己宣战，以期克服内心的恐惧。我的内心中，也正在落雨。

（诗人们正在讨论传统的问题。其实，答案是很容易找到的。）

（以《红楼梦》为例。）

（如果说《红楼梦》是中国古典文学中最杰出的著作，相信谁也不会反对。）

（用今天的眼光来看，《红楼梦》是一部传统之作。）

（但是，实际的情形又怎样？两百多年前的小说形式与小说传统究竟是什么样的面目？如果曹雪芹有意俯拾前人的创作方法，他就写不出像《红楼梦》这样伟大的作品来了。）

（如果曹雪芹的创作方法不是反传统的，则刘铨福也不会在获得《脂砚斋甲戌本》六年后写下这样一条跋语了："《红楼梦》非但为小说别开生面，直是另一种笔墨……"）

（然而用今天的眼光来看，《红楼梦》是一部传统之作。）

（如果曹雪芹的创作方法不是反传统的，也不会被梁恭辰之流曲解了。）

（然而用今天的眼光来看，《红楼梦》是一部传统之作。）

（还是听曹雪芹的自白吧："……我师何太痴也？若云无

朝代可考，今我师竟假借汉唐等年纪添缀，又有何难？但我想历来野史皆蹈一辙，莫如我这不借此套者，反倒新奇别致。……"）

（毫无疑问，曹雪芹的创作方法是反传统的！）

（他不满意"千部一腔，千人一面"！）

（艾略特曾经讲过：如果传统的意义仅是盲目地因循前人的风格，传统就一无可取了。）

（所以，曹雪芹在卢骚① 撰写《忏悔录》的时候，就用现实主义手法撰写《石头记》了！约莫三十年之后，歌德才完成《浮士德》第一部。约莫四十年之后，J.奥斯汀的《傲慢与偏见》出版。约莫八十年之后，果戈里的《死灵魂》出版。约莫一百年之后，福楼拜的《波伐荔夫人》② 出版。一百多年之后，屠格涅夫的《父与子》与杜思退益夫斯基③的《罪与罚》出版。约莫一百十年之后，托尔斯泰的《战争与和平》才问世……唉！何必想这些呢？还是喝点酒吧。）

一杯。两杯。三杯。

喝完第一杯酒，有人敲门，是包租婆，问我什么时候缴房租。

喝完第二杯酒，有人敲门，是报馆的杂工，问我为什么

---

① 卢骚今通译卢梭。

② 《波伐荔夫人》今通译《包法利夫人》。

③ 杜思退益夫斯基今通译陀思妥耶夫斯基。

不将续稿送去。

喝完第三杯酒，有人敲门，是一个不相识的、肥胖得近乎臃肿的中年妇人，问我早晨回来时为什么夺去她儿子手里的咬了一口的苹果。

（曹雪芹也是一个酒徒。那是一个有风有雨的日子，敦诚跟他在槐园见面，寒气侵骨，敦诚就解下佩刀沽酒，彼此喝个痛快。脂本朱评说曹雪芹死于壬午除夕，却并未透露死因。曹雪芹会不会是一个心脏病患者，因感伤而狂饮，而旧疾猝发？）

（酒不是好东西，应该戒绝。——我想。）

# 3

玻璃窗挂着灿然的雨点。挂着雨点的玻璃窗外，有好彩牌香烟的霓虹灯广告亮起。天色漆黑，霓虹灯的红光照射在晶莹的雨点上，雨点遂成红色。我醒了。头很痛。口里很苦。渴得很，望望桌面上的酒瓶，瓶已空。（酒不是好东西，应该戒绝。——我想。）翻个身，脸颊感到一阵冷溙，原来我已经流过泪了。我的泪水也含有五百六十三分之九的酒精。这是很有趣的事情。酒精本身就是那样有趣的，只有酒醉时，世界就有趣了。没有钱买酒时，现实是丑恶的。香港这个地方，解下佩刀沽酒的朋友等于古玩，不容易找。

有点肚饿，想出街去吃些东西。一骨碌翻身下床，扭亮台灯，发现还有一段武侠小说没有写好。于是记起包租婆的嘴脸与那个走来索稿的报馆杂工，心里立刻有一种不可言状的感觉，不能用文字来翻译。现实是残酷的。（酒也不是好东西。）提起笔，飞剑与绝招犹如下午五点钟中环的车辆，拥挤于原稿纸上。谁说飞剑与绝招是骗人的东西？只有这取人首级于千里之外的文章才能换到钱。没有钱，就得挨饿。没有钱，就没有酒喝。

酒不是好东西，但不能不喝。

不喝酒，现实会像一百个丑陋的老妪终日喋喋不休。

现实是世界上最丑恶的东西。我必须出去走走了。雨已停。满街都是闲得发慌的忙人乎？不一定。有些忙人却抵受不了橱窗的引诱，鼓大如铃的眼睛。（橱窗里的胶质模特儿都很美，美得教人希望它们是真的。Rod Stering[①] 写过一个电视剧本，说是一个胶质模特儿获得假期出外游乐，回来时竟忘记自己是个没有血肉的模特儿了。我曾经在丽的映声中看到过这个剧本的形象化，觉得它很美。——一种稀有的恐怖之美。）于是，我也养成了看橱窗的习惯，即使无意隐遁于虚无缥缈中，倒也常有不着边际的希冀。于是，有温香不知来自何处，玻璃橱窗上，突然出现一对闪熠似钻石的眸子。

——喝杯咖啡？张丽丽说。

——只想喝酒。

随即是一个浅若燕子点水的微笑，很媚。上楼时，举步乃有飘逸之感。这家百货商店，有个日本名字。它的二楼，有喝咖啡的茶厅，也有喝酒的餐厅。灯光如小偷般隐匿于灯

---

① Rod Sering，即罗德·瑟林（1924—1975），美国男演员、编剧、导演、制片。

罩背后，黝暗的朦胧中，无需胆量，即会产生浪漫的怀思。我曾经不止一次梦见过她。最后的一次，将钞票掷在她的脸上。我忽然失笑了，仿佛昨夜的梦与此刻的现实都不是应该发生的事。

我常常以为中了邪，被什么妖魔慑服了，呷一口酒，才弄清楚糊涂的由来。

她的眼睛是现代的。但是她有石器时代的思想。眼眶涂着一圈漫画色彩，过分齐整的牙齿失去真实的感觉。从她的眼睛里，我看到这个世界的潜在力量。

我怕。我变成一个失败者。一二三四五六七八九十，我依旧爬不起来。

在张丽丽面前，我永远是一个失败者。

在张丽丽面前，我的感情被肢解了。

在张丽丽面前，我必须隐藏自己的狼狈。

在张丽丽面前，我像小学生见到暴躁的老师。

在张丽丽面前，我擎起白旗。

她的笑与她的眼睛与她的齐整的牙齿与她的头发与她的思想与她的谈吐与她的吸烟的姿势与她的涂着橙色唇膏的嘴……

全是武器！

情绪如折翼的鸟雀，有逃遁的用心而不能。她对我并无需索，我对她却有无望的希冀。她知道我穷，所以开口便是——星期一买龙镖、飞凤、人造卫星，过三关，①赢得不多，总算赢了。

我对此毫不羡慕，只是举杯将酒一口饮尽。她也举起酒杯，呷了一口酒，忽然转换话题：

——找到工作没有？

——仍在卖稿。

——写稿很辛苦。

——总比挨饿好。

——眼前有一份工作，不知道你愿不愿意做。

——什么工作？

——捉黄脚鸡。②

——不明白你的意思。

——我认识一个纱厂老板，很有钱，为人极其拘谨，也极其老实，平常不大出来走动。自从认识我之后，常在办公时间偷偷地走来找我。

---

① 过关是一种以小博大的赌马方式。马迷一早将选中的马夹迭下注，马会计算机会将前面所中的派彩，自动投入之后投注的几关（过六关为上限）。幸运的马迷有望用最少本钱赢得最多彩金。龙镖、飞凤、人造卫星是马匹的名字。

② 捉黄脚鸡，广东民谚。当地农民多养母鸡而少养公鸡，但祭祀时需要公鸡，便给母鸡喂食以作诱引。母鸡啄食时，公鸡贪"色"，得意忘形逼近而被捉。因公鸡脚深黄色，而母鸡脚浅黄色，故称公鸡为"黄脚鸡"。由此，人们也把女性勾引男性，然后敲诈勒索引申为"捉黄脚鸡"。

——还是不明白你的意思。

——我准备选定一个日期，约他到酒店，然后你在适当的时候走进来，趁其不备，拍一张照片！

——这是从电影里学来的卑鄙手段。

——只要有钱可拿，管他卑鄙不卑鄙。

——换一句话说，你要我用摄影师的身份向他敲诈。

——不，我要你用丈夫的身份向他敲诈。

——你要我做你的名义上的丈夫？

——一点也不错。

我向仆欧又要了一杯酒。张丽丽说我不应该喝得那么多，但是我不愿意面对丑恶的现实。我没有作任何决定，只管倾饮拔兰地，当我有了三分醉意时，她埋单。临走时，她说：

——如果你肯这样做，打一个电话给我。

# 4

潮湿的记忆。

现实像胶水般黏在记忆中。母亲手里的芭蕉扇，扇亮了银河两旁的牛郎织女星。落雪日，人手竹刀尺①围在炉边舞蹈。

轮子不断地转。母亲的"不"字阻止不了好奇的成长。十除二等于五。有个唱小旦的男人名叫小杨月楼。大世界的酸梅汤。忧郁迷失路途，找不到自己的老家。微笑是不会陌生的。蝴蝶之飘突然消失于网中。

轮子不断地转。打倒列强，打倒列强，除军阀，除军阀。国民革命成功，国民革命成功，齐欢唱！齐欢唱！

---

① 人、手、竹、刀、尺是旧时初小国语课本某课课文。此句回忆孩童时代，每逢落雪日，大家围聚炉边，边念课文，边舞蹈取暖，呈现一幅家庭和乐图。

轮子不断地转。有朋自远方来，不亦乐乎？那个卖火柴的女儿偷去不少泪水。孙悟空的变态心理起因于观众的鼓掌声。黄慧如与陆根荣。安南巡捕的木棍。立春夜遂有穿睡衣的少女走入梦境。

　　轮子不断地转。点线面旅行于白纸上。听霍桑讲述吕伯大梦。四弦琴嘲笑笨拙的手指。先施公司门口有一堆冒充苏州人的江北野鸡。青春跌进华尔兹的圆圈。谜样的感情。

　　轮子不断地转。"地无分南北，年无分老幼，无论何人，皆有守土抗战之责任。"八一三。四行仓库里的孤军。亚尔培路出卖西班牙的刺激。那个舞女常常借钱给我。无桅之舟航行于士敏土上。租界是笑声集中营。笛卡儿与史宾诺莎。我是老师的叛徒。他喜欢狄更斯，我却变成乔也斯的崇拜者。女人眼睛里的磁力。槐树以其巨大的身躯掩盖荒谬的大胆。

　　轮子不断地转。戴着方帽子走进大光明戏院。一九四一。《乱世佳人》在"大华"公映。毕业证书没有半个中国字。日军三路会攻长沙。

　　轮子不断地转。日本坦克在南京路上疾驶。一张写着

"全灭英米舰队"的标语被北风的手指撕落了。站岗。愚园路的裸体跳舞。十点小。十一点大。葛嫩娘是反日的。七十六号的血与哆嗦。

轮子不断地转。通过封锁线。柴油汽车是公路的独生子。人人有工作，人人有屋住。曲江的月亮麻木了。文化城内帮派多。火车的终点弥漫着美国西部的气息。娃娃鱼。海棠溪之初夏。

轮子不断地转。山城。浓雾击退敌机。唯一大戏院上映保罗茂尼的《左拉传》。绅士皆吸华福牌香烟。我远征军入缅，在仁安羌痛击日军，拯救英军之危。李白坐在嘉陵江边的骡车上。

轮子不断地转。我学会了抽烟。伦敦电台广播日本舰队司令古贺峰一阵亡。停电。心心咖啡馆的伪现代情调。精神堡垒。脚不着地的四川人力车夫。白干与毛肚开堂。年轻人皆去银社看《杏花·春雨·江南》。

轮子不断地转。防空洞里发现患霍乱病的死者。两只耗子在石级上寒暄。只有铁，只有血，只有铁血可以救中国。灵感跌入龙井茶。书店很多。没有人知道福克纳的《我在等死》与《声音与愤怒》。①没有人知道康拉艾根的《忧郁与航程》。没有人知道卡夫卡。没有人知道朱尔斯·罗曼。没有人知道吴尔芙。没有人知道普鲁斯特。……

轮子不断地转。我军克服老河口。

轮子不断地转。哥哥将仅有的冬季大衣送进拍卖行。昆明来客常有口香糖。浓雾。有一则新闻是千金小姐爱上了狼狗。衡阳守军苦战四十七天。有地板的人家正在举行派对。

轮子不断地转。湘桂大撤退。空气走不进车厢。一家报馆的总编辑被挤死了。恐慌。恐慌。恐慌。

轮子不断地转。敌军进迫独山。重庆的有钱人打算入西康。中发白②。上清寺的芝麻糊生意仍佳。信心在发抖。驻缅

----

① 《我在等死》今通译《我弥留之际》,《声音与愤怒》今通译《喧哗与骚动》。

② 中发白,麻将牌名称。昔日江苏太仓的粮仓为奖励捕雀护粮者,以竹制筹牌记捕雀数目并依此评赏,称"护粮牌"。麻将源于此,遂又称麻雀牌。其符号、称谓和玩法术语多乎捕雀:"筒"的图案代表打雀的火药枪筒;"万"是赏钱单位,几万是赏钱数目;用枪打鸟时应考虑风向,"东、南、西、北"即风向,故称"风";"中"表射中麻雀,红色;"白"为白板,意为白打一枪;"发"即发赏金;"碰"即枪声"砰"的谐音;和牌为"胡",与一种捕雀的鹰("鹘")谐音。

国军回国反攻。

　　轮子不断地转。"号外！号外！盟军登陆诺曼第，在欧洲开辟第二战场！"

　　轮子不断地转。孱弱的希望打了强心针。红油水饺。嘉陵江边的纤夫不会唱《伏尔加船夫曲》。树的固执。小说的主题在火中燃烧。白云瞌睡于遥远处。家书来自沦陷区。父亲死了。泪水掉在饭碗里。

　　轮子不断地转。联合国宪章与波茨坦宣言。"天快亮了！"希望在废墟中苗长。四川鸡蛋面具有古典主义的煮法。窗外有风景在招手。写字台上的计划书亦将乘飞机而东去。爆竹声起，正是悲剧落幕时。

　　轮子不断地转。原子弹使广岛与长崎失去黑白之辨。东边的梦破碎了。西边的梦中有人倒骑骡子。九月九日，冈村宁次交出指挥刀。

　　轮子不断地转。归舟如沙甸鱼般拥挤在三峡。河山依旧。隔壁的张老三不敢照镜子。母亲久焉未露笑容，泪眼看不清游子的白发。接收者在民众心田上种下太多的仇恨。胜利冲昏头脑。

轮子不断地转。和平终被奸污。烽火从东北燃起。火！火！火！

轮子不断地转。南方一块大石头。维多利亚海峡上的渡轮。天星码头是九龙之唇。陌生的眼睛与十一月的汗珠。"沿步路过"。惊诧于"请行快的"。亚多到士多去买多士，吃多了多士，屙屎多。①远东的橱窗。金圆券的故事不可能在这里重演。汽车越坐越大。房屋越住越小。大少爷在告罗士打门口等待可以借钱的朋友。

轮子不断地转。威士忌。拔兰地。红盾牌砵酒。VAT69。杜松子酒。伏特加。香槟。姜汁啤酒。……

轮子不断地转。有人在星加坡办报。文化南移乎？猴子在椰树梢采椰。马来人的皮肤是古铜色的。五丛树下看破碎的月亮。圣诞夜皆吃冰淇淋。三轮车在莱佛士坊兜圈。默迪加。羼有咖喱的大众趣味。武吉智马的赛马日。赢钱的人买气球，输钱的人输巴士。孟加里也会玩福建四色牌。文明戏

---

① 亚多，人名；士多，店铺，英语 store 的音译；多士，烤面包，香港茶餐厅必备，英语 toast 的音译；屙屎，拉屎。

仍是最进步的。巴刹风情。惹兰巴刹 ① 的妓女梦见北国的雪。有人在大伯公庙里磕了三个响头。郁达夫曾经在这里编过副刊。

轮子不断地转。吉隆坡。鹅岸河边有芭蕉叶在风中摇曳。锡矿是华侨的血管。甲必丹叶观盛（一八八九——一九〇一）。② 湖园的竹篁在阳光下接吻。奥迪安戏院专映米高梅出品。赶牛车的印度人也嚼槟榔。榴梿花未开，有人就当掉了纱笼。大头家陆佑从未梦见过新艺综合体。马来巴刹的沙爹是一把打开南洋文化的锁匙。月亮是不是更圆？绿色的丛林中，枪弹齐舞。窗前有一些香蕉花。峇都律的灰尘正在等待士敏土的征服。

轮子不断地转。香港在招手。北角有霞飞路的情调。天星码头换新装。高楼与大厦皆有捕星之欲。受伤的感情仍须灯笼指示。方向有四个。写文章的人都在制造商品。拔兰地。

---

① 惹兰巴刹，新加坡街道名，马来文 jalan（中译：道路、步行）pasar（中译：市场、集市）的音译。

② 叶观盛（1846—1901），祖籍广东台山赤溪镇，客家人。他是最后一位雪兰莪华人甲必丹，1889 至 1901 年在任。华人甲必丹（马来语 Kapitancina）或简称甲必丹，是葡萄牙及荷兰在印度尼西亚和马来西亚的殖民地推行侨领制度的产物。其时，内殖民政府任命前来经商、谋生或定居的华侨领袖为侨民首领，协助当局处理侨民事务，即为"甲必丹"。这一制度现已取消。

将憎恶浸入拔兰地。

所有的记忆都是潮湿的。

# 5

这条街只有人工的高贵气息，但是世俗的眼光皆爱雀巢式的发型。我忘记在餐厅吃东西，此刻倒也并不饥饿。醉步踉跄，忽然忆起口袋里的续稿尚未送去。

我是常常搭乘三等电车的。

有个穿唐装的瘦子与我并肩而坐。此人瘦若竹竿，但声音极响，说话时，唾沫星子四处乱喷。售票员咧着嘴，露出一排闪呀闪的金牙，聚精会神地听他讲述姚卓然的脚法。

（我应该将我的短篇小说结成一个集子，我想。短篇小说不是商品，所以不会有人翻版。我应该将我的短篇小说结成一个集子。）

走进报馆，将续稿放在传达的桌面上。时近深宵，传达也该休息了。

登登登，那个编"港闻二"的麦荷门以骤雨般的疾步奔下木梯。一见我，便提议到皇后道钻石去喝酒。我是一个酒徒，他知道的。我不能拒绝他的邀请。"钻石"的卤味极好，对酒徒是一种无法抗拒的引诱。坐定后，他从公事包里掏出一个短篇来，要我带回家去，仔细读一遍，然后给他一些批评。我说：我是一个写通俗小说的人，哪里够资格去欣赏别人的文艺作品，更不必说是批评。他笑笑，把作品交给我之后，就如平日一样提出一些有关文艺的问题：

——五四以来，作为文学的一个部门，小说究竟有了些什么成绩？

——何必谈论这种问题？还是喝点酒，谈谈女人吧。

——你觉得《子夜》怎么样？

——《子夜》不一定能够"传"①，其所以受人重视，诚如鲁迅在写给吴渤的信中所说："现在也无更好的长篇作品。"

——巴金的《激流》呢？

——这种问题伤脑筋得很，还是谈谈女人吧。

——依你之见，五四以来我们究竟产生过比《子夜》与《激流》更出色的作品没有？

——喝杯酒，喝杯酒。

——不行，一定要你说。

——以我个人的趣味来衡量，我倒是比较喜欢李劼人的三部曲与端木蕻良的《科尔沁旗草原》。

麦荷门这才举起酒杯，祝我健康。我是有酒万事足的人，麦荷门却指我是逃避主义者。我承认憎厌丑恶的现实，但是麦荷门又一本正经地要我谈谈新文学的短篇小说了。我

———————————

① 传，指传世。

是不想谈论这种问题的，喝了两杯酒之后，居然也说了不少醉话。

麦荷门是个爱好文学的好青年。我说"爱好"，自然跟那些专读四毫小说的不同。他是决定将文学当作苦役来接受的，愿意付出辛劳的代价而并不冀求获得什么。他很纯洁，家境也还相当过得去，进报馆担任助理编辑的原因只有一个：想多得到一些社会经验。他知道我喜欢喝酒，所以常常请我喝。前些日子，读了几本短篇小说作法之类的书籍后，想跟我谈谈这一课题，约我到兰香阁去喝了几杯。他说莫泊桑、契诃夫、奥亨利①、毛姆、巴尔扎克等人的短篇小说已大部看过，要我谈谈我们自己的。我不想谈，只管举杯饮酒。现在，麦荷门见我已有几分醉意，一边限止我继续倾饮，一边逼我回答他的问题。我本来是不愿意讨论这个问题的，只因喝了些酒，胆量也大了起来。

——几十年来，短篇小说的收获虽不丰厚，但也不是完全没有表现的，有人妄自菲薄地说我们的小说家全部缴了白卷，其实并不正确。不过，由于有远见的出版商太少，由于读者对作者的缺乏鼓励，由于连年的战祸，作者们的耕耘所得，不论好坏，皆似短命的昙花，一现即灭。那些曾经在杂志上刊登而没有结成单行本的固不必谈，即是侥幸获得出版

---

① 奥亨利今通译欧·亨利。

家青睐的作品，也往往印上一两千本就绝版了。读者对作者的缺乏鼓励，不但阻止了伟大作品的产生，抑且使一些较为优秀的作品也无法流传或保存。正因为是如此，年轻一代的中国作者，看到林语堂、黎锦扬等人获得西方读书界的承认，纷纷苦练外国文字，将希望寄存在外国人身上。其实外国人的无法了解中国是毋庸置疑的事实。在他们的印象中，中国男人必梳辫子，中国女人必缠足，因此对中国短篇小说欣赏能力也只限于《三言二拍》。曾经有过一个法国书评家，读了《阿Q正传》后，竟说它是一个人物的 sketch①。这样的批评当然是不公允的，但是又有什么办法？一个对中国社会制度与时代背景一无所知的人，怎能充分地领略这篇小说的好处？不过，有一点，我们不能不承认：五四以来的短篇创作多数不是"严格意义的短篇小说"。尤其是茅盾的短篇，十九皆是浓缩的中篇或者长篇的大纲。他的《春蚕》与《秋收》写得不错，合在一起，加上《残冬》，结成一个集子，其格调倒与J.史坦贝克②的《小红马》十分相似。至于那个写过很长很长的长篇的巴金，也曾写过很多很多的短篇。但是这些短篇中间，只有《将军》值得一提。老舍的情形与巴金倒也差不多，他的短篇小说远不及《骆驼祥子》与《四世同堂》。照我看来，在短篇小说这一领域内，最有成就，且最具中国

---

① sketch，速写或素描。
② J.史坦贝克今通译J.斯坦贝克。

作风与中国气派的，首推沈从文。沈的《萧萧》《三三》《丈夫》《贵生》都是毫无疑问的杰作。自从喊出文学革命的口号后，中国小说家能够称得上 stylist① 的，沈从文是极少数的几位之一。谈到 style②，不能不想起张爱玲、端木蕻良与芦焚（即师陀）。张爱玲的出现在中国文坛，犹如黑暗中的夜光表。她的短篇也不是严格意义的短篇小说，不过，她有独特的 style——一种以章回小说文体与现代精神糅合在一起的 style。至于端木蕻良的出现，虽不若穆时英那样轰动，但也使不少有心的读者吃惊于他在作品中表现的才华了。端木的《遥远的风砂》与《鹭鸶湖的忧郁》，都是第一流作品。如果将端木的小说喻作咖啡，那么芦焚的短篇就是一杯清淡的龙井了。芦焚的《谷》，虽然获得了文学奖，然而并不是他的最佳作品。他的最佳作品应该是《里门拾记》与《果园城记》。我常常有这样的猜测：芦焚一定是个休伍·安徒生③ 的崇拜者，否则，这两本书与休伍·安徒生的《温斯堡·奥哈奥》④绝不会有如此相像的风格。就我个人的阅读兴趣来说，他的《期待》应该归入新文学短篇创作的十大之一。……非常抱歉，我已唠唠叨叨地讲了一大堆，你一定感到厌烦了，让我

---

① stylist，文体家。
② style，风格。
③ 休伍·安徒生今通译舍伍德·安德森。
④ 《温斯堡，奥哈奥》今通译《小城畸人》。

们痛痛快快喝几杯吧！

　　但是，麦荷门对于我的"酒话"，却一点不觉得憎厌。呷了一口酒，他要求我继续讲下去。（这是他的礼貌，我想。）因此，我对他笑笑，喝了一大口威士忌，然后夹了一大块油鸡塞入嘴里，边咀嚼，边说：

　　——荷门，我们不如谈谈别的吧。利舞台那部《才子佳人》，看过没有？

　　——没有看过。听说抗战时期有两个短篇获得广大读者群一致的好评。

　　——你是指姚雪垠的《差半车麦秸》与张天翼的《华威先生》？

　　——不错，正是这两篇。你觉得怎么样？

　　——《差半车麦秸》写得相当成功，但是《华威先生》却只能算作是一篇速写。

　　——就你的阅读兴趣来说，五四以来，我们究竟有过多少篇优秀的短篇小说？

　　——我哪里记得清这么多？还是谈谈女人吧。

　　麦荷门对女人似乎不大感到兴趣，对酒，也十分平常。他对于文学的爱好，大概是超乎一切的。他一定要我回答他的问题。态度坚决，脸上且有愠悻之色。没有办法，只好作了这样的回答：

　　——就我记忆所及，除了沈从文的《萧萧》与《丈夫》、芦焚的《期待》、端木蕻良的《鹭鸶湖的忧郁》与《遥远的风砂》、姚雪垠的《差半车麦秸》外，鲁迅的《祝福》、罗淑的《生人妻》、舒群的《没有祖国的孩子》、陈白尘的《小魏的江山》、丰村的《望八里家》、萧军的《羊》、萧红的《小城三月》、穆时英的《公墓》、田涛的《荒》、许钦文的《风筝》……都是相当优秀的作品。此外，蒋牧良与废名似乎也有一两篇值得提出来讨论的。

麦荷门呷了一口酒，又提出另外一个问题。

——我们处在这样一个大时代，为什么还不能产生像《战争与和平》那样伟大的作品？

我笑了。

他要我说出理由。

——俄国有史以来，也只有一个托尔斯泰，我答。

他还是要求我将具体的理由讲出来。

经不起他一再怂恿，我说了几个理由：（一）作家生活不安定。（二）一般读者的欣赏水平不够高。（三）当局拿不出办法保障作家的权益。（四）奸商盗印的风气不减，使作家们不肯从事艰辛的工作。（五）有远见的出版家太少。（六）客观情势的缺乏鼓励性。（七）没有真正的书评家。（八）稿费与版税太低。

麦荷门呷了一口酒，又提出一个问题：

——柯恩在《西洋文学史》中，说是"戏剧与诗早已联盟"；然则小说与诗有联盟的可能吗？

——有可能的，我说。只是截到目前为止，好像还没有人尝试过。不过，文学史上并不缺乏伟大的史诗与故事诗，而含有诗意的小说亦比比皆是。我知道你的意思当然不是指这些。

——我的意思是：小说的组织加上诗句。

——将来也许会有。

——依你的看法，明日的小说将是怎样的？

——法国的"反小说派"似乎已走出一条新路来了，不过，那不是唯一的道路。莫拉维亚的夹叙夹议体也会给明日的小说家一些影响。至于心理分析小说已经不能算是新鲜的东西了。总之，时间是不会停留的，小说家也不可能永远停在某一个阶段上。

荷门又提写实主义的问题，但是我已无意再开口了。我只想多喝几杯酒，然后做一场好梦。

现实仍是残酷的东西，我愿意走入幻想的天地。如果酒可以教我忘掉忧郁，又何妨多喝几杯。理智是个跛行者，迷失于深山的浓雾中，莫知所从。有人借不到春天，竟投入感情的湖沼。

一杯，两杯。

魔鬼窃去了灯笼，当心房忘记上锁时。何处有噤默的冷凝，智者遂梦见明日的笑容。

一杯。两杯。

荷门仍在提出问题。他很年轻。我欲效鸟雀之远飞，一开始，却在酒杯里游泳。

偷灯者在苹果树上狂笑，心情之愉快，一若在黑暗中对少女说了一句猥亵的话语。

突然想起毕加索的那幅《摇椅上的妇人》。

原子的未来，将于地心建立高楼大厦。伽玛线可能比北极星更有用。战事是最可怕的访客，婴儿们的啼哭是抗议的呼声。

流行文章出现"差不多"的现象，没有人愿意知道思想的瘦与肥。

有人说："那飞机迟早会掉落。"

然而真正从高空中掉落来的，却是那个有这种忧虑的人。

用颜色笔在思想上画两个翼，走进逝去了的年代，看武松怎样拒绝潘金莲的求爱，看林黛玉怎样埋葬自己的希望，看关羽怎样在华容道放走曹操，看张君瑞的大胆怎样越过粉墙，看包待制怎样白日断阳间晚上理阴司。

一杯，两杯。

——你不能再喝了，让我送你回去吧！他说。

——我没有醉。

一杯，两杯。

地板与挂灯掉换位置，一千只眼睛在墙壁上排成一幅图案。心理病专家说史特拉文斯基的手指疯狂了，却忘记李太白在长安街上骑马而过。太阳是蓝色的。当李太白喝醉时，太阳是蓝色的。当史特拉文斯基喝醉时，月亮也失去圆形。

笑声里，眼前出现齐舞的无数金星。理性进入万花筒，立刻见到一块模糊的颜色。这是一件非常可能的事，唐三藏坐在盘丝洞里也会迷惑于蜘蛛的妩媚。凡是得道的人，皆能在千年之前听到葛许温①的《蓝色狂想曲》。

（我的思想也醉了，我想。麦荷门的笑容跟牛奶一样纯白。为什么不让我再喝一杯？夜香港的街景比明信片上的彩色照更美。但是夜香港是魔鬼活跃的时刻。为什么送我回家？）

站在镜子前，我看到一只野兽。

---

① 葛许温今通译格什温。

# 6

两只葫芦

大葫芦里载着一个男孩小葫芦里载着一个女孩

男孩名叫葫芦哥女孩名叫葫芦妹

洪水退去时做哥哥的人向妹妹求婚

妹妹不肯答应哥哥死缠不放

月圆之夜他们在山洞里交媾

十个月之后葫芦妹养出一个大肉球

葫芦哥不喜欢肉球爬上天梯临空一掷肉球经风一吹立即
变成无数个小肉球掉落在地上每一粒变成一个人

于是地球上就有很多的人了

造物主突将天梯抽去人类从此失去登天的能力

腾云驾雾变成神仙们的特权人类只好脚踏实地

这究竟不是有趣的事经过千万年的沉思太空船终于出
现了

我欲乘坐太空船去到很远很远的地方跷起大拇指嘲笑天
梯的笨拙

我欲乘坐太空船去到很远很远的地方访问补天的女娲如

今究竟添了几茎白发

　　我欲乘坐太空船去到很远很远的地方访问被倏忽凿了七窍的混沌

　　我欲乘坐太空船去到很远很远的地方察看六脚四翅的帝江究竟在天庭干些什么

　　我欲乘坐太空船去到很远很远的地方寻找那个一次能够养出十个鬼的鬼母问她吃儿子的滋味好不好

　　我欲乘坐太空船去到很远很远的地方用力推醒蛇身人头的烛龙神请他吹口气驱走人间所有的罪恶

　　我欲乘坐太空船去到很远很远的地方询问盘瓠当年怎样开天辟地

　　我欲乘坐太空船去到很远很远的地方与那位有四张脸孔和八只眼睛的黄帝讨论人类心灵的统治

　　我欲乘坐太空船去到很远很远的地方看太阳系外究竟还有几个太阳

　　我欲乘坐太空船去到很远很远的地方看一下宇宙到底有无极限

　　我欲乘坐太空船去到很远很远的地方寻找那只名叫饕餮的野兽看它会不会因贪吃无餍而吃掉自己的肉翅膀

　　我欲乘坐太空船去到很远很远的地方参观十个太阳同时在汤谷洗澡

　　我欲乘坐太空船去到很远很远的地方要求造物主解释一

个问题为什么造了人出来又要他们死去

我欲乘坐太空船去到很远很远的地方因为第二次的洪水
将振滔而来地球又将淹没

# 7

　　阳光射在窗帘布上,犹如骑师穿的彩衣。十一点半,头痛似针刺。这是醉后必有的现象,但是我一睁眼又欲倾饮再醉。(孕妇忍受不住产前的阵痛,在床上用手抓破床单。孩子出生后,她就不再记起痛楚。)我翻了一个身,弹弓床响起轻微的轧轧声。我不喜欢听这种声音,却又非听不可。这是一种非常难听的音波,钻入耳朵后,令我牙痒。我只好躺在床上不动,连思想也不敢兜个圈子。有人敲门,很轻。翻身下床,整个房间摇摆不已,一若轮船在惊浪骇涛中。我是不想起床的,那轻微的叩门声具有一种磁性的力量。启开门,门外站着司马莉。司马莉是包租人的女儿,今年十七岁。十七岁是最美丽的年纪,美国有本厚厚的杂志就叫《十七岁》。我喜欢十七岁的女孩子,我喜欢司马莉。她有一张稚气的脸,同时有一颗苍老的心。每一次见到她的眼睛,立刻就想起安徒生的童话。但是她已经学会抽烟了,而且姿势极好。她常抽骆驼烟,据电影院的广告说:"骆驼烟是真正的香烟。"司马莉每逢周末必看电影,她一定相信广告是对的。有一次,她走过我的卧房,一开口便是"给我斟杯拔兰地"。那时候,她的父母到朋友家里去打牌了。司马莉也喜欢打牌，只是不愿意跟父母一起出去。当父母不在家的时候，她会走进我的卧室喝杯酒，抽支骆驼烟，或者透露一点心事。她虽然只有十七岁，但是她有很多心事。她曾经告诉我：她有五个男朋友。我吃了一惊。可是更使我吃惊的是：她说她可能会在最短期间结婚。一个十七岁的女孩子应该多读些书，不应该嫁人。但是她曾经向我透露，她有这样做的企图。我要她走去跟自己的父母商量，她不肯；我要她走去跟自己母亲商量，她也不肯。她坚决表示不愿让父母知道这件事情。有人以为：父母最能了解子女；其实，真正的情形又恰恰相反。对于子女们的心事，做父母的人，若非最后知道，必然一无所知。司马莉常常将她的希望与欲望告诉我，可是从来不肯让她的父母知道。她不在父母面前喝酒。她不在父母面前抽烟。她不在父母面前听保罗安加①的唱片。事实上，她虽然只有十七岁，倒并不如她父母所想象的那么正经。据我所知，她的酒量相当不错，三杯拔兰地下肚，仍能面不改色。至于其他方面，她的兴趣也是超越十七岁的。她并不反对跳薯仔舞与派青架，②她不反对在电影院吃

---

① 保罗安加今通译保罗·安卡。
② 薯仔舞英语是 Mashed Potato，这种舞蹈 1962 年在年轻族群中风靡一时，是配合流行乐女歌手 Dee Dee Sharp 的 *Mashed Potato Time*（《土豆泥时间》）而跳的。派青架英语是 Pachanga，这种舞蹈属于拉丁舞的一个流派，20 世纪 50 年代末 60 年代初在古巴流行，由古巴移民带到美国。

雪糕，她不反对到姻缘道①去走走，她不反对坐在汇丰银行门口的大狮子上给别人拍照，她不反对梳亚米加式的发型，②但是她讨厌十七岁的男孩子。不止一次，她在我面前透露这个意思。她说她讨厌那些咀嚼香口胶的男孩子。她说她讨厌穿牛仔裤的男孩子。她说她讨厌那些戴银镯的男孩子。她说她讨厌走路似跳舞的男孩子。她说她讨厌永远不打领带的男孩子。她的兴趣就是这样的早熟。她的父母一直以为她很纯洁，可是绝对没有想到她早已在阅读《查泰莱夫人之情人》与金赛博士的报告了。现在，她的父母已外出。闲着无聊，她拎着一瓶威士忌走进我的卧房。我说"拎着威士忌"，实在一点也不虚假。起先，我完全没有注意到，后来，司马莉将一杯酒递给我时，我才真正地觉醒了。我不会拒绝她的邀请，但无意在一个十七岁的女孩子面前喝得酩酊大醉。思想开始捉迷藏，一对清明无邪的眼睛有如两盏大灯笼。于是我们作了一次毫无拘束的谈话。她对莎冈③推崇备至，说她是一个了不起的天才。但我的看法不同，我认为莎冈的小说患了严重的"差不多"病，读一本，就没有必要再读第二本。她耸

①　香港岛东区有块状似男性性器官的姻缘石，是一处既古怪又多传说的灵异地点。几十年来有不少求姻缘的人前往拜祭。那一带的宝云道，旧时被称作姻缘道。

②　亚米加式的发型，指Ω（希腊字母，读音如亚米加）式发型，即外翘短发。

③　莎冈今通译萨冈。

耸肩，立刻转换了一个话题。她说纳布哥夫的《罗丽妲》①是一本杰作。关于这一点，我完全同意。不过，她的称赞《罗丽妲》完全基于对书中人物的同情，对于纳布哥夫的创作艺术，似乎并无深刻的了解。我知道我的要求极不合理。一个十七岁的女孩子能够欣赏《罗丽妲》已属难得，怎么可以期望她去了解纳布哥夫的创作艺术，然后，一朵浅浅的笑容出现了——一朵无法隐瞒青春秘密的笑容。

一杯。两杯。三杯。

笑容加上酒液等于一朵正在苗长中的花。问题与答案是一对孪生子，但是感情并不融洽。感情是一种奇异的东西，三十个铁丝网架也无法将它圈在中间。年轻而又早熟的女孩子往往是大胆的。

对过去与未来皆无牵挂，这个十七岁的女孩子只知道现在。她当然不会是赛特②的信徒。但是喝了几杯酒之后，她的眼睛里有可怕的光芒射出。（她是一个赛特主义者？抑或有了与生俱来虐待异性而引以为乐事的变态心理？）我有点怕。她的肤色白似牛奶。她在我心理上完全没有准备的时候解开

---

① 《罗丽妲》今通译《洛丽塔》。

② 赛特，也作萨德侯爵（Donatien Alphonse François Sade, Marquis de Sade，1740—1814），法国贵族。著有一系列色情和哲学书籍，尤以所描写的色情幻想和所导致的社会丑闻闻名于世。作品中的大量性虐待情节，使他被认为是变态文学的创始者。以他姓氏命名的"萨德主义（Sadism）"是性虐恋的别称。

衣纽。（她醉了？我想。）我越是害怕，她的笑容越妖媚。我不相信她是罗丽姐型的女孩子，也不希望她会变成罗丽姐。但是，她竟婀婀娜娜地走去闩上房门，然后像蛇一般躺在我的床上。我开口了，声音抖得如同困兽的哀鸣：

——不要这样。

她笑了，笑声格格。她说：

——怕什么？

——我们都已喝了酒。

——酒不是毒药。

——是的，酒不是毒药；不过，对一个十七岁的女孩子，酒比毒药更可怕。

——你将我当作小孩子？

——一点也没有这个意思。

——你的意思是什么？

——我的意思是：毒药可以结束一个人的性命；人死了，一切都完结。酒则不同，酒不能立刻结束人的性命，但是可以乱性，可以教一个十七岁的女孩子做些可怕的事出来。这些可怕的事将使她遗憾终生。

听了我的话，司马莉霍然站起，穿上衣服，板着脸孔离去。（这应该算是最好的结果了，我想。）但是我并不感到愉快。我已刺伤她的感情。

酒瓶未空。

（亚热带的女孩子比较热情，然而她真有这样的意思？她完全不考虑自己的将来？她读多了四毫小说？她失恋了？想从我这里获得补偿？不，不，她还年轻。她会把爱情当作一种游戏。）

举起酒杯，一口呷尽。

（我不再年轻了，我不能将爱情当作一种游戏。我当然需要爱情的滋润，但是绝对不能利用她的无知。我必须忘掉她。我必须忘掉刚才的事。）

再一次拿起酒瓶时，我竟有了自制。我还有两节武侠小说要写，喝醉了，势必断稿。报馆当局并不希望作者因酒醉而断稿的。

客厅里的电话铃，犹如被踩痛尾巴的野猫，突然叫了起来，那个名叫阿杏的工人走来唤我。

单凭声音，我就断定是张丽丽。她问我有没有考虑过捉黄脚鸡的提议。我拒绝了。没有等我将话语完全说出，她就遽尔搁断电话。这是十分不礼貌的做法，然而我对张丽丽永远不会生气。

司马莉已经出街。家里静得很，正是写稿的好时光。我必须保持头脑的清醒，免得因贪酒而再次断稿。茶几上放着两份报纸，都是我向报贩订的。我的包租人素无读报的习惯，偶尔走来向我借报纸，大多是查阅娱乐广告。不过，我自己也不是一个小心的读报者，虽然订了两份，对于联合国在讨论些什么，一直不清楚。我之所以订阅这两份报纸，完全因为这两家报纸刊登我的武侠小说。有时候，报纸送来了，下意识地翻一翻，根本不想知道玛莉莲梦露为什么死，或者古巴的局势到底严重不。有时候，报纸送来了，翻也不翻，剪下自己的两段武侠小说，放在抽屉里。这些武侠小说原无保存价值，然而它是商品，倘被出版商看中了，印成单行本，或多或少还可以拿到一些版权费。香港虽然多的是盗印商，文章在报纸上刊出，只要他们认为尚具生意眼，随便偷印，仿佛已经不是一件犯法的事了。不过，稍具良知的出版商也还是有的，即使版权费少得可怜，对作者而言，总比被别人盗印好。我之所以将这些武侠小说剪下保存，没有别的用意，只想再换一些钱。我不是一个金钱至上主义者，然而我是穷过的。穷的滋味不好尝。睡在楼梯底必遭他人干涉，没有一毫子就买不到一块臭豆腐。

我的心绪相当纷纭，为了避免睡楼梯底，只好将一些新生的问题暂时置诸脑后，坐下，写通天道人怎样飞檐走壁，怎样到寒山寺去杀死淫贼，怎样遇到了醉丐而被掌心雷击伤。……

写好两段续稿已是下午两点。穿上衣服，准备出街去送稿，顺便吃点东西。

麦荷门来了。麦荷门脸色不大好看。

——有什么事？我问。

——老邓说你断稿次数太多，触怒了社长。昨天排字房一直在等你的稿子，等到天黑时，排副刊的工人不耐烦了，走到领班面前发牢骚，领班走到总编辑面前发牢骚，总编辑走去社长面前发牢骚，说你常常断稿，不但搅乱了字房的工作程序，同时使编辑部的工作也无法按照预定计划进行。社长听了总编辑的话，非常生气，立刻将老邓叫去，问他手上有没有现成的武侠小说。老邓说是望月楼主和卧佛居士各有一部早已送来，放在抽屉里已有相当时日。社长问他哪一部比较好，他说望月楼主的东西动作多一些。社长未加思索，就下令刊登望月楼主的东西。社长对小说一无认识，对于他，小说与电影并无分别，动作多，就是好小说，至于气氛、结构、悬疑、人物刻划等等都不重要。

事情获得这样的结果，虽然有点突兀，倒也有其必然的理由。我不应该再喝酒了，只是我的心很乱。我斟了两杯，一杯递与荷门，荷门摇摇头，说是白天不喝酒。于是我将两杯酒一起喝尽。

# 8

金色的星星。蓝色的星星。紫色的星星。黄色的星星。成千成万的星星。万花筒里的变化。希望给十指勒毙。谁轻轻掩上记忆之门？ H.D.[①] 的意象最难捕捉。抽象画家爱上了善舞的颜色。潘金莲最喜欢斜雨叩窗。一条线。十条线。一百条线。一千条线。一万条线。疯狂的汗珠正在怀念遥远的白雪。米罗将双重幻觉画在你的心上。岳飞背上的四个字。"王洽能以醉笔作泼墨，遂为古今逸品之祖。"一切都是苍白的。香港一九六二年。福克纳在第一回合就击倒了辛克莱·刘易士。解剖刀下的自傲。蚝油牛肉与野兽主义。嫦娥在月中嘲笑原子弹。思想形态与意象活动。星星。金色的星星。蓝色的星星，紫色的星星。黄色的星星。不可捉摸。不能停顿。思想的再一次淡入。魔鬼笑得十分歇斯底里。年轻人千万不要忘记过去的教训。苏武并未娶猩猩为妻。王昭君也没有吞药而死。想象在痉挛。有一盏昏黄不明的灯出现在

---

① H.D. 指美国意象派诗人杜丽特尔（Hilda Doolittle, 1886—1961），她曾用笔名 H.D.。杜丽特尔率先将带有古典色彩的"神秘主义"成分引入意象派诗歌，以此表达对现实世界的隐忧。

我的脑海里。

——他醒了？有人这样问。

——是的，他醒了。有人这样答。

睁开眼，呈露在眼前的，是一些失去焦点的现实。我被包围于白色中。两个人，皆穿白衣。一高一矮，一男一女，站在床边。我无意在朦胧中捕捉变形的物体，倒也不能完全没有好奇。

也许是粗心的希冀忘记关上房门，喜悦像小偷般潜出。紧张的情绪坐在心房里，不敢寻觅可触可摸之现实。

——你觉得怎样？穿着白衣的男人问。

（我不知道，我想。这是谁？我根本不认识他，他为什么走来问我？一定是司马太太不小心，又将不相识的人放进来。……奇怪，窗外有刺眼的阳光，我为什么还睡在床上？是不是又喝醉了？……昨天晚上，我在什么地方？喝酒？好像没有喝过。既然没有喝过，怎么会感到头痛的？只有醉后初醒才会有针刺的头痛。我没有喝过酒，怎么会痛成这个样子？）

——你觉得怎样？穿着白衣的男人重复一句。

我用手指擦亮了眼睛，终于看清两个穿着白衣的人。男的架着一副黑框的眼镜，身材修长，相当瘦，颧骨奇高，看起来，有点像亚瑟米勒。女的有一张月饼形的圆脸，很矮，很胖，看起来，有点像啤酒桶。

——你是谁？我问。

胖妇人笑得极不自然，说：

——我姓沈，这里的姑娘。这位是钟医生。

（原来又是医院，我想。原来我又躺在一间病房里了。为什么？为什么？为什么？难道我病了？我患的是什么病？说不定又喝醉了，但是醉汉没有必要住医院。昨天晚上，我究竟做了些什么事情？奇怪，怎么一点也想不起来？也许我真的有病——一种由于心理不正常而产生的病。是的，我的精神生活的确有点不平衡：清醒时，像在做梦；做梦时，一切又极真实。我可能当真有病了。酒不是好东西，必须设法戒绝。如果不是因为喝酒，我怎么会连自己做过的事情也不记得？我究竟做了些什么？我为什么要住医院？）

——我为什么要住医院？我问。

——因为你的头部被人击破了，医生答。

——谁？谁击破我的头？

——这不是我们必须知道的事。

——你们怎么可以不知道？

——别那么激动，你的伤势可不轻，需要静心休养。

——谁？究竟谁击破我的头？为什么？

——我们的责任是治疗，并非侦查。昨天晚上，救伤车将你抬到这里时，你已陷于昏迷状态，我们立刻替你缝了十二针，当时的情形相当凶险，现在已脱离危险时期。你的体力还算不错，但是仍须静心休养。千万不要胡思乱想。

他走了。

（走路的姿势像鸽子，我想。）

护士也走了。

（走路的姿势像在跳伦摆①，我想。）

我依旧躺在病床上。

思想极零乱，犹如用剪刀剪出来的纸屑。这纸屑临空一掷，一变而为缓缓下降的思想雪。

（谁有能力使白昼与夜晚对调，又使过去代替未来？菩提树下的微笑吓退了屠刀，十字架上的愁眉招来了滚滚响雷。无从臆测，又必须将一个"？"解剖。有人骑白马来自远方，满额汗珠，只求一滴之饮。这世界等于如来佛的手掌，连孙悟空的筋斗也翻不出五根肉红柱，于是加缪写下了《误会》。我们并不知道我们为什么要生，但是我们知道我们是一定要死的。海明威擦枪而死，也许正是上帝的安排；加缪要反叛，却死于汽车失事。海明威似已大彻大悟，悄悄地从这圆形无门的世界溜走了。纽约的出版商不肯放松发财的机会，谁知道山蒂埃戈②在梦中仍见到狮子不？）

思想极零乱，犹如劲风中的骤雨，纷纷落在大海里，消失后又来，来了又消失。

---

① 伦摆今通译伦巴。

② 山蒂埃戈，指海明威《老人与海》中的人物，今通译圣地亚哥。

（窗外有一只烟囱，冒着黑色的烟，将我的视线也染成黑色。文学作品变成肾亏特效药，今后必须附加说明书。乔也斯的一生是痛苦的。他是半盲者，然而比谁都看得清楚。他没有为《优力栖斯》的被禁而叹息，也没有为《优力栖斯》的被盗印而流泪。他没有为《优力栖斯》的遭受抨击而灰心。他创造了新的风格、新的技巧、新的手法、新的字汇，但是他没有附加说明书。他的主要作品只有两部:《优力栖斯》与《费尼根的觉醒》①；然而研究他的创作艺术的著作，至少有千种以上。乔也斯手里有一把启开现代小说之门的钥匙，浮琴妮亚·吴尔芙②跟着他走了进去，海明威跟着他走了进去。福克纳跟着他走了进去。帕素斯跟着他走了进去。汤玛士·吴尔夫③跟着他走了进去。詹姆士·费雷尔也跟着他走了进去。……但是他的《优力栖斯》与《费尼根的觉醒》皆不附加说明书。香港没有文学；不过，大家未必愿意将文学当作肾亏特效药。）

我的呼吸极均匀，我的思路却似交响乐的音量，混在一起，又若各有各的位置。墙角有只苍蝇，犹如吹笛人，引导我的思想飞出窗口。

（魔鬼骑着脚踏车在感情的图案上兜圈子。感情放在蒸

---

① 《费尼根的觉醒》今通译《芬尼根的守灵夜》。

② 浮琴妮亚·吴尔芙今通译弗吉尼亚·吴尔芙。

③ 汤玛士·吴尔夫今通译托马斯·沃尔夫。

笼里，水汽与篱外的访客相值，访客的名字叫作："寂寞"。10×7。小梗房氤氲着滴露的气息。利舞台。得宝可乐。浅水湾之沙。皇上皇。渡轮反对建桥。百乐酒店饮下午茶。快活谷出现人龙轮购马牌。"南华"对"巴士"。① 今日出入口船只。旺角的人潮。海边有不少霓虹灯广告。盐焗鸡与禾花雀与大闸蟹。美丽华酒店的孙悟空舞蹈。大会堂的抽象画展览会。……）

思想是无轨电车。

（我被谁打伤了？为什么？昨天晚上，我究竟做了些什么？我有没有喝过酒？如果有的话，有没有醉？我的记忆力一直不弱，为什么想不出自己做过的事情？是的，我记起来了。跟麦荷门在叙香园吃饭，他喝了一瓶啤酒，我喝了两瓶。两瓶啤酒是醉不倒我的，所以我没有醉。后来，后来……我跟张丽丽在香港餐厅喝茶。她把计划告诉我，而且还送了我三百块钱。对于我，三百块钱不能算是一个小数目，等于一个月的稿费。于是我打电话给彭明，彭明是个摄影记者。我向他借一架照相机。乘的士回家。见到板着面孔的司马莉，连喝几杯酒。之后怎么样，完全不清楚。）

思想等于无定向风。

（风起时，维多利亚海峡里的海水，犹如老妪额角的皱

---

① 南华、巴士，指分属南华体育会和九龙巴士公司的两支足球强队。当年两队开战，是全港球坛盛事。

纹。我的希望尚未被劲风吹走，因为我有石头一般的固执。我看到 A 字的跳跃，起先是一个，后来则无法计算。麦荷门具有普鲁斯特的野心，但是他永远无法变成普鲁斯特，理由是他只有野心。有些名家比麦荷门更不如，他们连野心都没有。野心是一种奇异的东西，它毁灭了希特勒之类的魔鬼，也使半盲的乔也斯与卧病十年的普鲁斯特写成了《优力栖斯》与《往事追迹录》。普鲁斯特是个哮喘病患者。普鲁斯特是个心脏病患症。我不明白他怎样在一间密不通风的卧室里躺了十年的。在这十年中，他完成了一部永垂不朽的著作。有人说：他患有严重的神经过敏病，但是直到临死前夕，对于辛劳的文学工作，依旧不感厌倦。这是什么力量？难道只是单纯的野心？……卡夫卡认为人类企图了解上帝的规则是得不到结果的。那么，人是上帝的玩物吗？上帝用希望与野心来玩弄人类？于是想起加缪。为了追忆卡夫卡，他写了《异客》。他对于有关人类行动的一切，皆表乐观；但是对于有关人性的一切，皆表悲观。……然则人生的"最终目的"究竟是什么？答案可能是：人生根本没有目的。造物主创造了一个真实谎言，使人类无法了解本身的本质，因为每一个人生就是一个真实的谎言。野心、欲求、希冀、快乐、性欲……皆是制造这个谎言的原料，缺少一样，人就容易获得真正的觉醒。人是不能醒的，因为造物主不允许有这种现象。大家都说"浮生若梦"，其实是梦境太似浮生……不能再想了，想下去一定会变成疯子……晚餐能够有一条清蒸石斑，必吃两碗白饭。）

思想犹如刚揿熄的风扇，仍在转动。思想与风扇究竟不同，它不会停顿。

（这病房只有我一个病人，一定是头等病房了。我是一个穷人，哪会有资格住头等病房？谁将我送来的？）

想到这里，笃笃笃，有人敲门。

——进来！我说。

白色的门推开了，立刻嗅到一阵浓洌的香味。张丽丽笑眯眯地走进来，手里拿着半打康乃馨，穿着一袭墨蓝的旗袍，衬以皙白的皮肤，美得很。（像她这样的体态，即使不穿漂亮的旗袍，一样也漂亮。）当她婷婷袅袅地走到床边，那一排贝壳似的牙齿在反射自镜面的阳光中熠耀。

——没有事了吧？她问。

——大概没有事了，我答，但是医生说要静心休养。

——好的，就在这里多住几天。关于医院的费用，你不必担心，全部由我负担。

——医生说我缝了十二针。

——想不到那个老色鬼居然会带两个打手来的。

——你应该早就想到这一点了。

——我只当他是个糊涂虫。

但是，我不明白的是：我的受伤究竟有何代价？丽丽倒也老实，将经过情形原原本本告诉我，说纱厂老板到现在还没有知道我是她雇用的。正因为是如此，丽丽当然乐于代付我的医药费用。这一次的失败，丽丽并无损失，受伤的是我，躺在病床上呻吟的是我，将来万一因断稿而失去那最后的地盘，挨饿受苦的又是我。

我是一个傻瓜，做了一件傻事。

当微笑自嘴角消失时，她点上一支烟。她有很美的吸烟姿势，值得画家捕捉。我不是画家，我只会欣赏。感情就是这样一种没有用的东西，犹如冰块，遇热就融。丽丽是那么的可鄙，但是我仍极欣赏她的吸烟姿势。（感情比人体构造更复杂，我想。）当她将染有唇膏的烟蒂放在我的嘴上时，我只有一个渴望：

——找一点酒来。

——不行，这是违反医院规矩的。

脸上出现了妩媚的笑容，一若牡丹盛开。她站起身，走了。留下既非"不"又非"是"的答复，把我的复杂的感情搅得更复杂。（在丽丽的心目中，我是一个酒鬼，一个急色儿，一个失业汉，一个会读书会写字的可怜虫。依照她的想法，我是应该挨打的。如果像我这样一个穷光蛋不能被人殴打，总不能教纱厂老板之流到医院里来缝十二针……）

烟蒂变成灰烬时，闲得发慌。

上午十一时，闲得发慌。

中午十二点，护士走来探热，依旧闲得发慌。

中午十二点半，医院的工人走来问我想吃什么东西，我要酒，结果拿来了一碟蔬菜汤，一碟火腿蛋，一杯咖啡和两粒药丸。

下午两点，依旧没有酒，依旧闲得发慌。

下午四点，护士走来探热。思想真空。情绪麻痹。

下午五点一刻。有贩报童走来兜售报纸。买一份晚报，吓了一跳。标题是:《古巴局势紧张，核子大战一触即发》。

# 9

战争。战争。战争。

六岁时，住在上海闸北西宝兴路，靠近北火车站。当世界大戏院上演西席地米尔①导演的默片《十诫》时，战争来了。母亲正在洗衣，我就溜出去看打仗。战争使小孩子感到新奇，但是弄堂口的铁门已上锁。人家爬在铁门上，看枪弹在熟悉的街道上飞来飞去。对街南货店二楼的玻璃窗给枪弹击碎了，大家鼓掌欢呼。对街理发店的转柱给枪弹击碎了，大家鼓掌欢呼。石子铺的街道上，有穿草绿色军服的士兵，手持长枪，疾步而过。一会，石子铺的街道上，有穿着虎黄色军服的士兵，手持长枪，疾步而过。大家睁大眼睛望着他们，不知道他们为什么要打仗。我们根本不知道谁打谁，只知道他们的制服颜色虽不同，却全是中国人。对于我们，这是一桩新鲜的事情，平日热闹的街道，忽然变得很荒凉了。偶尔有士兵疾步而过，使空气显得更紧张。我喜欢这紧张的空气，但是看弄堂的老头子却抖着声音走来赶我们。他不许

---

① 西席地米尔今通译塞西尔·B. 戴米尔。

我们爬在铁门上，说是中了流弹会立即死亡。我们知道死亡是可怕的，但是我们谁也不肯错失这难得的机会。当时我的感觉也确是如此，世界大戏院的《十诫》根本不能与街头的战争相比。所以，我也不肯错失这个机会。我欣赏这熟悉的街头突趋陌生。我欣赏所有的店铺都打了烊。我欣赏所有的老百姓都躲在家里。我欣赏这条街的特殊气氛。在我们的心目中，打仗虽紧张，却十分有趣。然后，一幕残忍的活剧忽然在我们眼前搬演了：一个穿虎黄制服的大兵将另外一个穿草绿军服的大兵拖进对街小巷。那穿草绿军服的大兵年纪很轻，约莫十五六岁，身材矮小，而且腿部受了伤，脸色苍白似纸，张大嘴巴，拼命呐喊。他的喊声并不弱，然而谁也不去解救他。当他被拖入小巷时，他的嗓子已经哑了。那个穿虎黄色制服的大兵，身材魁梧，犹如疯子一般，将他的敌人踢倒在地，双手擎起亮晃晃的大刀，竟将那小伤兵的头颅砍了下来。……这一幕，使所有爬在铁门上看打仗的人全部吓坏了。毋需管弄堂的老头子干涉，大家就自动奔回家去。正在洗衣的母亲见我神色慌张，问我见到了什么。我想答话，可是怎样也说不出声音。母亲站起身，用围裙抹干湿手，往我额角上一按，说我发烧了，吃了一惊，马上抱我上床。睡着后，我梦见成千成万的血淋淋的头颅，在大地上滚来滚去。当我从梦中惊醒时，听到外边仍有噼噼啪啪的声响。母亲坐在床边，露着并不代表喜悦的微笑。她问我想不想吃粥，我摇摇头。我问她外边是不是还在打仗，她摇摇头，说是战事已经移到别处去了。我问她为什么外边仍有枪声，她说这不是枪声，这是爆竹声。我不明白为什么要放爆竹，母亲说：两方打仗，必有胜败，谁胜了，免不了要放些爆竹庆祝一下。但是，我认为这不是一件值得庆祝的事——因为我第一次看到了战争的残酷。

战争。战争。战争。

"一·二八"事变爆发。我不能到南市去上学，只好在静安寺路小沙渡路口的一家女子中学借读。学生自治会组织慰劳队，我也参加。我们募捐了不少钱，买了几十套灰布棉军服，乘坐两辆大卡车，到罗店、大场去慰劳第五军与第十九路军的战士们。我是一个大孩子了，当然知道战争的恐怖。但是为了给战士们添温暖，竟跟着其余几个同学，在竹篁中匍匐前进，只有勇气，并不意识到在火线上行走随时都有丧生的危险。我们原无必要的，但是终于这样做了。我们年轻，除了自己，对谁都不信任。我们愿意看到战士们穿上我们募捐来的棉军服而面露笑容。因此，我们不怕枪林弹雨。正当我们在竹篁里匍匐前进时，一枚敌人的炮弹就在竹篁中爆炸了。我吃一惊，感受突呈麻痹。我下意识地以为自己已受伤，从迷蒙渡到清醒时，有人在我耳畔惊叫。抬起头来往前边一看：我们的级长，亦即是自治会的主席，仰卧着，满面是血，而且正在涔涔流出，看起来，像极了舞台上的关云长。他的额角已被弹片切去一大块，连脑浆都流了出来。两只眼睛睁得很大很大，眼珠子一动也不动。我从未见过这样恐怖的面孔，心里卜通卜通直跳。我实在看不下去了，站起身，正拟回出竹林时，就听见级长忽然用发抖的声音说——请你们用大石头打死我！

战争。战争。战争。

"八一三"事变爆发。中国空军出动，轰炸黄浦江上的日本旗舰"出云号"。敌军显然惊惶失措了，漫无目标地放射高射炮与机关枪，流弹不断落入租界。所有的大商店，都在门口堆沙袋或在玻璃橱窗上钉木板。从南市逃出来的难民，像潮水一般，涌向刚被辟为难民收容所的大世界。我乘坐公共汽车回家，经过南京大戏院门口，蓦然听到一声尖锐的呼哨，接着是天崩地裂的巨大的爆炸。司机本能地将公共汽车煞住，大家探头车窗外，往后一看，才看到整个五角地带变成一个广大的尸体场了。许许多多血肉模糊的尸体堆在一起。那些受伤而被压在尸体下面的人，仍在呻吟，仍在挥动手脚。有一个三四岁的小孩子，投在死去的母亲的怀抱中，哭得连嗓音都哑了。但是，最使我吃惊的是：一个被炸去了头颅的大汉，居然还在马路上奔跑。

战争。战争。战争。

日本偷击珍珠港。我在那家中学教历史，上午第一堂，高二班，唐代的宦官之祸与朋党之争。天气相当寒冷，玻璃窗外忽然传来嘹亮的隆隆声，忙不迭地走去窗边观看，几十辆日本坦克竟在广阔的南京路上隆隆而过。对街冠生园门前有个八九岁的男孩，想越过马路，疾步奔跑，恰巧有一辆坦克驶来，一声惨叫，那男孩被坦克碾过，身子压得扁扁的，犹如一张血纸般粘在平坦的柏油路上。没有人敢提出抗议，没有人离开行人道，大家只是呆呆地望着那些坦克车，脸上全无表情。

战争。战争。战争。

有血气的年轻人都到大后方去参加抗战。从宁波乘坐人力车，翻山越岭，通过封锁线，抵达宁海。在宁海住半个月，乘坐竹轿前往临海；然后从临海搭乘机帆船漂海，抵达温州。因为是非常时期，现代的交通工具已不容易找到，于是有血气的年轻人搭乘乌篷船前往丽水。在丽水住了三天，找不到木炭汽车，只好乘坐人力车。从丽水到龙泉约有六十华里，车夫的泥腿子搬动了一整天，终于将我载到龙泉——一座被敌机炸得失去了形的小城。我寄宿在一家小客栈里，等候前往赣州的便车。这家客栈的一堵墙壁已被敌机炸塌，晚上睡在麻制的蚊帐里，风劲时，等于睡在露天。一天早晨，楼下板房门口贴着一张红条，问账房先生，才知道有个十一岁的男孩子正在出天花。听了这句话，吓了一大跳，连忙走去红十字会种痘。种好痘出来，警报声起，大家慌慌张张地乱奔。迎面走来一个矮矮胖胖的女护士，我问她：防空洞在什么地方？她说，龙泉没有防空洞。我问：敌机就要来了，到什么地方去躲避？她的回答只有两个字：山脚！听了这两个字，立刻向山脚疾步奔去。奔到山脚，敌机已经在头上盘旋。听不到高射炮的射击，却传来了炸弹频频爆炸的声音。龙泉燃起仇恨之火，但是敌机不断地用机关枪扫射平民。我躲在两块大石中间，头上并无遮盖，不能算是安全的所在；但在危急中，再也找不到更好的地方了。幸而，敌机不久就离去，警报解除，我直起身子，沿着田塍走回客栈。经过红十字会，发现医生红着眼圈，从菜畦将那位矮矮胖胖的女护士抱回来。我问他：受伤？他摇摇头，用叹息似的声音答：死了！——是的，这位几分钟前还跟我交谈过的女护士竟被敌机炸死了！

战争。战争。战争。

陪都。一个没有雾的中午。我与我的亲戚刚坐上餐桌，警报大鸣。大家照例安详地爬上那个小山坡，走出铁工厂，沿着汉渝公路，走进防空洞，洞不大，两旁早已摆好条凳，由于逃警报的人不多，倒也并无窒息之感。坐在条凳上，可以望见蜿蜒向西的嘉陵江，也可以望见对岸的泥黄小山和工厂。说起来，风景倒不错，只是"五三""五四"①的印象还深，谁也没有欣赏风景的兴致了。事实上，逃警报对于战时的重庆人，早已变成一种习惯，不会感到意外，也不一定会有太多的惊惶。我的亲戚是个十分镇定的中年人，逢事绝对不乱，每一次逃警报，必抓一把西瓜子，安详地坐在长凳上，嗑呀嗑的，不欣赏风景，也不跟任何人攀谈。铁工厂是他开设的，职员与工人都很熟悉他的个性，一进防空洞，都不开腔了。唯其如此，洞内的气氛总比别处紧张。通常，有警报未必一定会遭敌机轰炸。就经验来说，倒是过境的次数比较多。不过，这一天，重庆又变成敌机的目标了，尽管高射炮"剥剥剥"地响个不休，炸弹还是接一连二掉下。对岸是工厂区，落了好几枚炸弹，迅即燃烧起来。这应该是一件值得惊惶的事，然而坐在防空洞里的人却用好奇的眼光去欣赏对岸的火烧。大家依旧互不攀谈，不过所有的目光全部集中在对岸——只有我的亲戚依旧在嗑瓜子，依旧低着头，依旧将视线落在防空洞的泥地上。一会，警报解除，我的亲戚首先站起，大家松了一口气，跟在他背后走出防空洞。我的亲戚照例走在前头，因为他是铁工厂的老板。当我们在汉渝公路上

① 抗战期间，从1938年2月18日至1943年8月23日，日本对中国战时首都重庆进行了长达五年半的战略轰炸。其中，1939年5月3日、5月4日，连续两日轰炸最繁华的城区实施，大量使用燃烧弹，市中心三天三夜大火，商业街道被烧成废墟，史称"五三""五四"惨案。

行走时，有人发现铁工厂门口有一枚未爆炸的炸弹。我们站定了，不敢继续向前挪步。但是我的亲戚却若无其事地将脚步搬得很快。我忍不住大声唤他站定，他好像完全没有听到我的声音。他的妻子也焦急起来了，拼命呐喊，可是一点用处也没有。他的妻子怕出事，疾步奔上前去，一把将他拉住，用鸡啼一般的声音责备他，说是炸弹随时会爆炸的，不能走近去。但是老板的意思恰巧跟她相反，说是唯其炸弹有随时爆炸的可能，所以一定要将它搬到田野里去，否则，整个工厂化为灰烬时，他就没有勇气继续活下去了。他的妻子正欲争辩，但是他已像一匹脱缰的马，疾步向那枚炸弹奔去。他的动机是很明显的：想将那枚炸弹搬走。女人不肯让他冒险，疯狂地追赶。就在老板用双手抱起那枚炸弹时，"轰"的一声，爆炸了。事后，我们没有找到这一对夫妇的尸体。我们找到的只是一只烧焦了的男式黄皮鞋和一只金戒指。

## 10（A）

摇摇头，想摇去那些可怕的往事。耳际听到一种噪音，混乱得很，又仿佛是经过安排的。肚子里忽然燃起一撮烈火，烦透了，睁开眼，窗棂圈着一块无涯无涘的黑。有人敲门，进来的是穿着白衫的男工，扭亮电灯后，问我晚餐想吃些什么。我说我想喝酒，他露了一个尴尬的笑容。结果，只好要了一客西餐。饭后，医生笑眯眯走来巡房，伸手替我按脉。（我不喜欢这样的笑容，因为这是魔鬼戴的假面具。）

——能睡吗？他问。

——给我喝些酒？

——不，绝对不能。

说着，又露了一个不很真实的笑容，走了。病房里冷清清的，剩下我一个人。（我必须克服自己的欲望与恐惧，我想。）游目四瞩，发现这间病房的布置有点像酒店：现代化的壁灯，现代化的沙发，刚刚粉饰过，十分整洁。（有钱人，连生病也是一种享受。张丽丽的选择是相当明智的。为了钱，她愿意将灵魂出卖给魔鬼。但是，人是感情的动物，她用什么方法将自己的感情冻结起来？她究竟有没有感情？她知道不知道我常常在梦中见到她？）

有人推门而入，是护士，问我是不是想睡。我点点头，她就斟一杯清水，监视我将那粒红色的安眠药吞下。

——要熄灯吗？

——谢谢你。

——安心睡觉，别胡思乱想。

我被黑暗包围了。

# 10（B）

张丽丽的眼睛。罪恶的种子。张丽丽是香港人，香港是罪恶的集中营。我爱张丽丽。但是我憎恨罪恶。

对酒的渴望，一若黑暗之需要灯笼。鱼离开海水，才懂得怎样舞蹈。第一个将女人喻作月亮的，是才子；第二个将女人喻作月亮的，就是愚人了。

谁将"现在"与"这里"锁在抽屉里？

一个不读书的人，偏说世间没有书。顽固的腐朽者，企图以无知逼使时光倒流。

古代的听觉。

烟囱里喷出死亡的语言。那是有毒的。风在窗外对白。月光予剑兰以盛宴式的慷慨。

有忧郁在玻璃缸里游来游去，朦胧中突然出现落花与流水。当我看到一片奇异的颜色时，才知道那不过是心忧。我产生了十五分之一的希望，只是未曾察觉到僧袍的泪痕。

模糊。模糊中的鞭声呼呼。

一块会呼吸的石头，阻止不了感情的早泄。人以为自己最聪明，但银河里的动物早已准备地球之旅。这是时代。你不去，他就来了。

银河里的动物有两个脑袋。

我们的脑子里却装满了无聊的Brawlywood①：伊莉莎白泰勒的玩弄男人与玛莉莲梦露的被男人玩弄。

我以旅游者的脚步走进一九九二年

大战自动结束整个地球已烧焦只是海洋里的水还没有干涸

风也染了辐射尘

懒洋洋地将焦土的青烟吹来吹去

找不到蟑螂找不到蝌蚪找不到蚊子找不到腻虫找不到蚯蚓找不到蚌壳找不到蜥蜴找不到蜻蜓找不到蝙蝠找不到苍鹰找不到鸽子找不到乌鸦找不到鲤鱼找不到鲛鲨……找不到一个人

站在一座烧焦的小山头时声音不知来自何处

他说他有两个脑袋

他说他来自银河中的一个星球

他说他没有身形

他说他只有灵魂

他说他已占领地球

我反对他这样做理由是地球是地球人的地球不容其他星

---

① 英文 brawly 是喧闹的意思。"Brawlywood" 这个生词似是讽刺好莱坞（Hollywood）是胡闹、乱七八糟的地方。

球的动物走来侵略

他笑了

他说我根本不是一个人

我大吃一惊望望自己没有脚没有腿没有身腰没有胸脯没
有手

原来我根本不存在

我之所以能够见到他因为我的灵魂还没有散

他说他已占领地球虽然他自己也只有灵魂

我无法跟他搏斗因为他有两个脑袋而我只有一个我变成
了他的奴隶从此得不到自由

# 11

坐在那家餐厅里，面对空杯。思想像一根线，打了个死结。情绪的真空，另外一个自己忽然离开我的身躯。一杯。两杯。三杯。张丽丽的目光像胶水一般，铺在我脸上。我看到一条金鱼以及它的五个儿子。

——再来一杯？我说。

——刚刚出院不应该喝得太多。

——再来一杯？

——好的，只是这么一杯，喝完就走。

仆欧端酒来，喜悦变成点上火的炮仗。她塞了两百块钱给我，想购买廉价的狂热。她不像是个有感情的女人。她的感情早已凝结成冰块，每年结一次，等待远方来的微笑，遽尔融化。（她不会爱我的，我想。她永远不会爱我的。她是一块会呼吸的石头。）我的愤怒化成浪潮，性格突趋暴躁一如夏日之骤雨。我还不至于求乞，勇敢地将两百块钱退回给她。

她的笑容依旧媚若莲花初放，安详的态度令人忆起舞蹈者的足尖。她替我埋单。临走时，她说：

——有困难时，打个电话来。眼中的火焰灼伤坐在心房里的镇定，又向仆欧要一杯酒，只想忘掉那 8 字形的体态。

我的故事走进一个荒唐的境界，廉价的香水正在招诱我的大胆，黑暗似液体，听觉难拒噪音的侵略，那张嘴并不像樱桃，却是熟悉的。手指犯了罪，正因为她那淫荡的一瞥。忽然惊醒了蠕蠕而动的心意。举杯欲饮时，理性已冷却。

她在笑。

笑容比哭更丑，而凝视则如悬挂在空间的一个圆圈。鼓声咚咚，圆圈并不旋转。

情感烤焦了。胆小的猎手急欲扬帆而去。掏出钞票时，那婀娜的姿态就消失于黑色晕圈中。

走出"爱情交易所"，海风如手指抚我脸颊。太多的霓虹灯，太多的颜色，太多的高楼大厦，太多的船只，太多的笑声与哭声……合力擎起现代文明，使人突生逐月之欲。

于是出现一杯酒。

黝暗的灯光像蝉翼，给眼前的种种铺上一层薄薄的蓝色。我喜欢蓝色。我一连倾饮了三杯。

当仆欧端第四杯酒来时，麦荷门的鼻子也变成蓝色了。

——怎么会知道我在这里？我问。

——你自己打电话给我的。

——我的记忆力也醉了。

——你没有醉，否则你不会记得我的电话号码。

——我在医院躺了几天。

——什么病？

——给人打破了头。

——为什么？

——不谈也罢。

麦荷门的一声叹息等于千万句安慰话语，使我有了释然的感觉。然后他提到他的短篇小说，我脸红了。我根本不再记得这件事。然后他又提出一个问题：新诗是否应该由作者在每一首诗的后边详加注释？

——我很少写诗，我愿意多喝两杯酒。

于是我见到一对询问的眼。那眼睛里有火，一直烧到我的心坎里。

（新诗人尝试给诗的领域重立界限，是不应该加以阻止的，我想。至于详加注释的要求，更非必需。诗人在建造美的概念时，将自己的想象作为一种超乎情理与感受的工具，当然是未可厚非的。表现是一种创造，而诗的表现，不仅是一个概念或意境的代表，而且是一撮在内心中燃烧的火焰。因此，诗人凭借想象的指引，走入一个非理性境界，不能算是迷失路途。）

想到这里，那一对询问的眼睁得更大。

——我不是一个诗人，我说。

麦荷门很失望。麦荷门对现阶段的新诗也缺乏信心。

（如果他对新诗认真感到兴趣的话，在开始动手写作之前，有许多文章是必须仔细读几遍的。譬如说：布鲁东 ① 的《超现实主义宣言》。）

经过一阵难堪的噤默后，麦荷门忽然从梦境回到现实。

——你现在只剩一个长篇小说的地盘了。

——是的。

——单靠一个长篇的收入，是很难应付生活的。

——这是没有办法的事。

——没有别的计划？

——计划倒有，只是不知道行得通不？

——什么？

——我想写一些孙悟空大闹浅水湾，或者潘金莲做包租婆之类的故事新编，投寄到别家报馆去。听别人说：这种东西最合香港读者胃口。

——不一定，不一定。

麦荷门大摇其头。他认为这样做是自暴自弃。（我想：他还年轻。）我举杯一口呷尽。

这患了伤风的感受。这患了伤风的趣味。猫王的《夏威夷婚礼》散出一连串 Z 字形的音波。希望是烛台，划火点燃，照得怯虚的目光摇晃不已。有卖马票的女孩想赚一毫子，感情与理智开始作一个回合的摔角。麦荷门笑得很天真，那是

---

① 布鲁东今通译布勒东。

因为我有了沓葺的踌躇。然后我又向仆欧要了一杯酒。现代社会的感情是那样的敏感，又是那样的错综。

不知道什么时候与麦荷门分手，也不知道什么时候站在自己的长镜前。两只眼睛与镜子里的惊奇相撞，我见到了另外的一个我。忽然想起笛卡儿的名句：我思故我在。（但是镜子里的我会不会"思"呢？思是属于每一个个体的，如果他不能思，"他"就不存在，"他"若不存在，"他"就不是我——虽然我们的外形是完全一样的。多么古怪的想念，最近我的思想的确有点古怪。）我的感官已迟钝，偏又常用酒液来麻醉理性。醉了的理性无法领悟真实的世界，只好用迟钝的感官去摸索一个虚无缥缈的境界。于是有了重读柏拉图著作的渴望，走去书架，遍找不着。我的书架上没有一本坏书，但是好书也不多。大部分好书都在酒瘾发作时，称斤卖给旧书摊。我的书架上没有柏拉图的作品。我的书架缺少书籍。（我的书架依旧是思想的乐园，我想。）尤其是醉后，我的思想在这乐园中散步。（祈克伽德①住在大观园右邻，他曾经托人带了一封信给林黛玉，说是人类的根，种植于他内在的精神中，不过，这个根，在他诞生之前就开始凋谢了，当他死了之后，他的根才种在泥土里。所以，黛玉将花也葬在泥土里了。这样做，是不是想教自己的灵魂借假落花而生根？那

———————————

① 祈克伽德今通译克尔凯郭尔。

74

是谁也不得知的事情。然后，俏皮的红娘从线装的《西厢记》走了出来，见到贾宝玉时，告诉他王实甫只写到"碧云天、黄叶地"为止，以后都是关汉卿补的。贾宝玉笑了，说是如果曹雪芹不做半个梦，高鹗也无法让他跟薛宝钗拜堂成亲了。红娘听后，笑得直不起腰。贾宝玉也陪着纵声大笑。笑声惊醒了熟睡中的吕伯·凡·温格尔，说是在喀茨基尔山麓中睡了一大觉，费时二十年，不但须发皆白，连自己的女儿也不认得他了。他哭得很凄凉，老泪纵横。两下对照，与贾宝玉的哭声形成强烈的对比。D. H. 劳伦斯走来看热闹，当着红娘的面，说他的《查泰莱夫人之情人》比《西厢记》透彻得多。贾宝玉不敢看，唯恐老头子知道了，又是一顿棒打。劳伦斯叹口气，走去找罗曼罗兰聊天。罗曼罗兰正在跟约翰·克利斯朵夫下棋。劳伦斯吃了一惊，暗忖：原来克利斯朵夫是个真实的人物，既非罗曼罗兰自己，也不是贝多芬。这倒是一个新鲜的发现，很想仔细端详他一下，又怕打断他们下棋的兴趣。没有办法，只好退了出来。在回家的途中，遇到笑笑生谈起性爱描写，两位优秀的小说家，竟大声争吵起来。笑笑生说他的潘金莲比查泰莱夫人写得更出色，劳伦斯坚说他的作品比《金瓶梅》更伟大……）

笃笃笃，有人敲门。

司马莉站在门口，浓妆艳服。打扮得如同复活节的彩蛋。

——出街？我问。

——刚回来。

——有什么事？

——想跟你商量一个问题。

关上门，拉开凳子让她坐下。她的眼睛，是印象派画家笔底下的杰作，用了太多危险的彩色。

——还生我的气不？我问。

她摇摇头。

我是已经有了几分醉意的，不能用理性去捕捉真实了。当她的柔唇忽然变成一个大特写时，我止不住内心的怔忡。一个可怕意念产生了，但立刻从蒙昧中惊醒。她说：

——他们都出去打麻雀了，不会这么早回来。

——不，不，你才十七岁！

司马莉露了一个厌世老妓式的笑容，婀婀娜娜地走到书桌边，从桌面拿起我的那包骆驼烟，抽出一支，点上火。（我必须保持清醒，我想。）她脸上的笑容仍未消失，依旧是厌世老妓式。我有点怕。

烟圈喷自她的柔唇，涂在我的脸上。我跌入朦胧的境界，冥冥中仿佛有一只无形的手在捕捉我的理性。利己主义者的欲望似火燃烧。年轻的感情等于未琢之玉，必须用纤细的手法，小心解剖。我无法分辨：她的眼睛看到了一个魔鬼，抑或她有一对蛊毒的眼睛？这不是爱情。十七岁的女孩子未必需要爱情。她需要一种游戏，一种只能在梦境中出现的游戏。

（抵受不了蛇的引诱？吃了那只毒苹果？）

我变成会呼吸的石头。

——怕什么？她问。

——你才十七岁！

她笑了，笑声格格。

——你比那些男孩子更胆怯！

——我不再是一个男孩子。

——我喜欢成熟的男人。

将长长的烟蒂扔出窗外，两只眼睛直直地盯着我。我霍然跳起，走去斟了一杯酒。

四周皆是"火"，我感到窒息。

忽然有人用钥匙启开大门。

忽然有嘹亮的皮鞋声从客厅里传来。

忽然有人用手指轻叩我的房门：

——亚莉，快出来！你母亲赢了钱，请你吃消夜！

司马莉霍然站起，橐橐橐，走去将门拉开。司马先生咧着嘴，笑眯眯地说：

——亚莉，你阿妈今晚手气特别好，赢了不少钱，我们一同到丽宫去吃消夜。

亚莉并不因此感到兴奋，但也跟着走了。全层楼立刻静了下来，正是写稿的好时光。我只剩下一个长篇小说的地盘了，不好好写，可能连这最后的地盘也会丢掉。而我不是一个写武侠小说的人，想在这上面用功夫，实在一点气力也用不出来。纵然如此，我还是不能不写。我知道这是一个值得惋惜的浪费，只是为了生活，不但非写不可，而且还要尽量设法迎合一般读者的趣味。

（我必须写几节奇奇怪怪的打斗场面，我想。用音波杀人，有人写过了；用气功杀人，也有人写过了。我必须"发明"一些新奇的花样，借以赚取一般读者的廉价惊奇。有了，铁算子被通天道人用筷子击中太阳穴后，幸而遇到峨眉怪猿，搽了些仙草榨出的汁液，在山中静养一个时期，终于复原了。但是怨气难吞，急于下山寻找通天道人报仇。峨眉怪猿大摇其头，认为此事绝对鲁莽不得，说是通天道人本领高强，决非铁算子单独可以应付，铁算子闻听，当即双膝下跪，恳求怪猿指点，怪猿从腰间一掏，然后摊开手掌，要铁算子走近去仔细观看。铁算子挪前两步，定睛凝视，原来是一粒小小的金丸，正感诧异，怪猿呵气一吹，但见金丸飕地飞上天空，旋转几圈，蓦地掉落下来。怪猿连忙伸手一接，那金丸瞬即变成一条金棍，闪呀闪的，使铁算子看得头晕目眩。铁算子鼓掌称奇，怪猿面上立刻出现倨傲之情，努努嘴，问：这是何物？铁算子答：这是一根金棍。怪猿道：不错，这是一根金棍；但是，你知道是谁的金棍？铁算子摇摇头，说是无从猜测。怪猿当即打个哈哈，然后敛住笑容说：傻瓜！这是齐天大圣孙悟空的金棍呀！……）

思想犹如脱缰的马，完全无法控制。一口气写下两千字，渴望喝些酒了。搁下笔，客厅里传来热闹的谈笑声。司马太太一定赢了不少钱，否则绝不会高兴成这个模样的。我替自己斟了一杯酒，走去窗边，静观对海的万家灯火相继熄去。（我是难得这样清醒的。我应该继续保持清醒。）但是，我竟昂起脖子，一口将酒呷尽。（亚莉是一个十七岁的女孩子，但是完全不像是一个十七岁的女孩子。我想。）

我又替自己斟了一杯酒。

（一个十七岁的女孩子不应该这么大胆的。除非她已经有过经验，然而这种可能性不大。亚热带的女孩子虽然比较早熟，可绝不可能这样大胆。如果不是多看了美国电影，一定多读了四毫小说。这是一个自由世界，写稿人有写武侠小说或四毫小说的自由，读书人也有读武侠小说或四毫小说的自由；但是这样的自由是不是必须的？照我看来，这是一些不健康的自由，将使整个社会基础产生虫蚀的危险。）

我呷了一口酒。

（我们这里实在是一个很自由的地方。报章杂志可以任意翻译外国的文章或照片，而不必受罚；同时，本地作者用血汗写出来的文章，也一样完全得不到保障。只要稍为有些商业价格的东西，谁都可以盗印成书，然后运到南洋去倾销，有时候，连作者自己想出版，也因为印刷不够迅速而被迫作罢。事实上，这里的盗印商都与外地的发行商有密切的联系，作者自己出书，往往得不到外地发行商的合作。反而那些盗印的"出品"可以源源运往外地，大获其利。总之，在这里，作者辛苦写成的文章，是得不到应得的保障的。不仅如此，盗印商为了避免引起法律上的麻烦，偷印了别人的著作，印成书后，连作者的署名也随便更改。对于一个作者，丧失版权已经是一种无可弥补的损失了，何况还要被改掉署名。）

我一口将酒呷尽，心中燃起一股怒火。

（这是一个自由的地方，但是太过自由了。凡是住在这里的人，没有一个不爱好自由。不过，盗印商如果可以获得任意盗印的自由，那么，强盗也可以获得抢劫的自由了。作者对他自己的著作当然是有著作权的。作品等于原作者的骨肉。但是在这里，抢夺别人的骨肉者有罪，盗印别人的著作者可以逍遥法外，不受法律制裁。这是什么道理？这是什么道理？这是什么道理？）

我走去酒柜，又斟了一杯酒。

（以报纸上的连载小说而言，报纸是登过记的。那么，在报纸上发表的小说当然也会受到法律的保护。但是为什么盗印商可以将这些连载小说印成四毫小说，并更改作者署名，运到南洋去倾销呢？）

我一连喝了好几口酒，心内愤恚，睡意尽消。我是一个逃避主义者，只会用酒液来逃避这丑恶的现实。

当我躺在床上时，潮退矣。借来的爱情，只是无色无臭无形的一团，游弋在黑暗中，与黑暗无异。寂寞被囚在深夜的斗室中，而欲望则如舞蹈者。突然想起幕前的笑容与幕后的泪水。（有人说剧场是小天地，但是也有人说天地是大剧场。然则我们是观剧者，抑或戏子？）唯糊涂的人可以浅尝快乐的滋味。

于是做了一个梦。

醒来完全不记得梦里的情景，头痛似针刺。一骨碌翻身下床，站在长镜前，发现胡须长得很。剃须时，客厅里有司马先生的咳呛声。司马先生昨晚睡得很迟，咳嗽声特别嘹亮。当我走出盥洗间，他说有话跟我谈。

——什么事？我问。

——想收回你那间梗房。

——为什么？

——亚莉年纪还轻，我不想让一个酒徒来糟蹋她！

我摇摇头，怒火早已烧红我的两颊。回入房内，立刻想到喝酒。酒瓶已空，口袋里的零钱已不够买一瓶FOV。穿上衣服，出街。先打电话给张丽丽，没有起身。然后打电话给麦荷门，不在家。于是搭乘电车去中环，想去那家报馆预支几十元薪水。副刊编辑耸耸肩，表示做不到。询以理由，他说销纸大跌，未便向上头开口。没有办法，只有废然走出。在热闹的德辅道中踯躅，见到一家大押，毅然将腕表押掉。

穿着校服的司马莉；

穿着红色旗袍的司马莉；

穿着紫色过腰短衫与白色过膝短裙的司马莉；

穿着三点游泳衣的司马莉；

穿着运动衫的司马莉；

穿着晚礼服的司马莉；

穿着灰色短褛与灰色百褶裙的司马莉；

穿着古装的司马莉；

以及不穿衣服的司马莉；……

几十个司马莉，穿着十几种不同的服装，犹如走马灯上的纸人，转过去，转过来，转呀转的，出现在我的脑海中，永无停止。司马莉是一个十七岁的女孩子，也是一个历尽沧桑的厌世老妓。

在司马夫妇的心目中，司马莉比初放的莲花还纯洁；

在那班男同学的心目中，司马莉是依莉莎白泰莱第二；

在陌生者的心目中，司马莉是个漂亮的女孩子；

但是在我的心目中，司马莉是一只小狐狸！

我恨她，我怕她。我喜欢她。

错综复杂的情感，犹如万花筒，转一转，变一变。没有两种相同。我是爱过别人的，也被别人爱过；但是我从未爱过一个十七岁的女孩子，也没有被一个十七岁的女孩子爱过。司马莉是一朵罂粟花，外表美丽，果汁却是有毒的。（不错，她是罂粟。必须避开她。不如趁早搬走。）摸摸口袋，八十块钱和一张当票。即使找到合适的房子，也不够付上期与按金。还是喝多两杯。

电车没有二等——十二点一刻——满街白领阶级——汽车里的大胖子想到浅水湾去吃一客煎牛排——喂！老刘，很久不见了，你好？——安乐园的烧鸡在戏弄穷人的欲望——十二点半——西书摊上的裸女日历最畅销——香港文化与男性之禁地——任剑辉是全港妈姐的大众情人——古巴局势好转——娱乐戏院正在改建中——姚卓然昨晚踢得非常出色——新闻标题：一少妇梦中遭胸袭——利源东街的声浪——蜕变——思想枯竭症——两个阿飞专劏死牛①——橱窗的诱惑——永安公司大减价——贫血的街道——有一座危楼即将塌倒了——莫拉维亚写罗马，台蒙伦扬②写纽约，福克纳写美国南部，乔也斯写杜柏林。——香港的心脏在跳动——香港的脉搏也在跳动——电车没有二等。

阳光很好。阳光照在石板街上，可以让行人用肉眼见到飞扬的灰尘。有摄影师正在捕捉古老的情趣，企图用斜坡上的肮脏去赚取外国人的好奇。皇后道已经是个老妪了，建筑

---

① "劏"字是广东人自创字，意为宰杀。"劏死牛"就是打劫的意思。路上被人强抢东西，就好像死牛任人宰一样。

② 台蒙伦扬今通译达蒙·鲁尼恩（Damon Runyon，1884—1946），美国记者及短篇小说家，以用地方俚语写成的《少男少女》著称，该书亦成为他的标志。

商有意制造奇迹，用士敏土与钢条代替 H3，<sup>①</sup>以期恢复她的青春。

走进万宜大厦的 Arcade<sup>②</sup>。

橱窗的引诱是敏锐的，顾客们的眼睛遂变成世界语。有人投一枚镍币在体重机里，吐出来的硬卡上边写着：你将获得幸福。

（谎言！不透明的谎言！这是一个撒谎世界！聪明人要撒谎，愚蠢者也要撒谎。富翁要撒谎，穷人也要撒谎。男人要撒谎，女人也要撒谎。老的要撒谎，小的也要撒谎。）

站在自动电梯上，让机器代替脚步。德辅道上有太多的行人与车辆。电车是没有二等的。这是一个糊里糊涂的世界，必须用愤恚来阻止逻辑的追求。我已极感疲惫，渴望做一个遁世者而不可得。走进一家灯光黝暗的咖啡店，坐在角隅处，呼吸霉菜味的空气。向仆欧要一杯酒，市侩的笑声犹如野猫在半夜摔碎大花瓶。

——几乎一年不见你了，他说，你躲在什么地方？中马票，还是给女人迷上了？

——是的，我答，我不仅中了马票，而且还给美丽的女人迷上了，可惜都是梦中的事。

他笑了，笑声含有变味的兴奋。他叫莫雨，一个专门抄

---

① 此句指用现代的钢筋混凝土建筑取代传统的英式建筑。
② arcade，拱廊。

84

袭好莱坞手法的国语片导演。

——我们常常惦念你的，他说，特别是想打牌的时候。

——你们不怕我输了欠账？

莫雨立刻敛住圣母型的笑容，换以金刚式的凝视。我的感受忽然结成冰块，无法用智慧镇压内心的怔忡。我以为自己说错了话，不能没有恐惧。

——帮我写一个电影剧本，他说。

语气多少带些怜悯，犹如礼拜日上午的祝福钟声，来自遥远处，又仿佛十分接近。希望忽然萌了芽。我看到一朵未来的花。

我从来没有做过这种工作。

——怕什么？香港的编剧哪一个不是半路出家？再说，目前观众们的要求很低，只要是古装片，加上新艺综合体与黄梅调与林黛或尤敏，就一定可以卖座了。剧本并不重要，只是国语片究竟比什么厦语片潮语片之类认真一些。

——既然这样，他们为什么还肯付三千元去购买一个剧本？

——三千元在一部电影的制作成本里占的百分比，实在微乎其微。最近有一部古装片，片子里有一场戏需要摔碎一些古玩花瓶，单单这些花瓶的支出，已经可以购买三个分幕对白剧本了。

说到这里，莫雨掏出一只熠耀闪光的金烟盒，打开，递一支黑色苏勃雷尼给我。点上火，加上这么几句：

——艺术在香港是最不值钱的东西，电影圈也不例外。不说别的。单讲演员，像洪波、唐若青这样优秀的演员，为了生活，弄得非拍粤语片不可。这种情形，跟你们写文章的倒也十分相似。在香港，真正的文艺工作者常常弄得连生活都成问题，为了谋稻粱，只好违背自己的良知去写武侠小说或者黄色小说。

想不到市侩气极重的莫雨居然也会说出这样的一番话来。我呆呆地望着他。他嘘嘘地吐着烟霭，我说：

——最近我的确很穷，而且还等着要搬家，如果写剧本正如你所说的那么容易，我倒是愿意尝试一下的，但不知写什么题材好？

——现在的国语电影还怕找不到题材？别提《红楼》《水浒》《三国》，单是《三言二拍》已经可以拍上十年八年了。此外，《聊斋》《西游》也有的是材料，再嫌不够，旧剧，昆腔，甚至弹词评话都可以拿来改编。总之，只要肯到旧书铺去兜一圈，俯拾皆是。

——既然这样容易，为什么要找我这个生手来做这种工作？

——我们是老友嘛！

他忽然戴上一副黑眼镜，作笑时，鼻子皱在一起，看起来，很像熊猫。

我的心情突呈紧张，举杯欲饮，发现酒杯已空。莫雨立刻将大拇指按在中指上，搓出"答"的一声，唤来仆欧，向他要了两杯拔兰地。

——关于写剧本的事，你肯帮忙，我是极愿一试的，我说。事实上，我最近正计划搬家，需要一笔钱周转。

——没有问题，故事通过后，可以先付你五百块钱。

莫雨举起面前的酒杯，一口呷尽，站起身，走到邻桌去了。望着他的背影，我留下一个深刻的印象：一年不见，他已瘦得像根竹竿。（前些日子报纸上刊登一则"大导演热恋艳星"的新闻，可能就是他。其实，导演与明星勾搭，已经不能算是新闻了；如果导演不与明星勾搭，那才是真正的新闻。）举起酒杯，呷了一口，心情十分兴奋，有意到书店去走一趟，看看有什么适合改编剧本的材料。于是埋单，走出咖啡店。

书店挤满了看书的人。《鸳鸯灯》《描金凤》《南柯梦》《琵琶记》《占花魁》《桃花扇》《双珠凤》《浮生六记》《封神传》《征东征西》《龙图公案》《天雨花》《三笑奇缘》《洛阳桥》《杀子报》《金台残泪记》《蝴蝶梦》《十美图》，甚至《济公传》《彭公案》……皆可以改编为电影剧本。

我对于《蝴蝶梦》有特殊的爱好，因此买了一册旧剧本子作为改编的蓝图。

在回家的途中，我开始盘算怎样在旧瓶中装新酒。（这是一个家喻户晓的故事，而且过去也曾改编过电影，如果不能出奇制胜，根本就会失去重拍的意义。故事本身是雅俗共赏的，改编成电影剧本，必须有新的见解与新的安排，不能单靠特技镜头去迷惑观众。《花朝生笔记》说清初严铸取《齐物论》篇衍为传奇，其实冯梦龙早已编成《庄子休鼓盆成大道》，其事虽荒诞不经，倒也曲折有致。童芷苓演《大劈棺》而红极一时，但那是舞台上的演出，改编成电影，不能不别出心裁。）想到这里，兴趣益浓。

司马夫妇已出外打牌，只有司马莉一个人坐在客厅里。

她对我盯了一眼。

我也对她盯了一眼。

走进卧房，准备撰写《蝴蝶梦》的大纲。提起笔，发现腹稿尚未成熟。想喝酒，酒瓶已空。偶然的一瞥，司马莉背靠门框，笑眯眯地望着我。

——决定搬了？她问。

——你自己做的好事。

——我做了什么？

——你怎么可以跟你父母说我有意糟蹋你？

她笑了，态度十分安详。顿了一顿，又提出一个问题：

——如果不想搬，我也有办法。

——什么办法？

——这个你不用管，不过，你必须答应我一个条件。

——什么条件？

她以狡狯的笑容作答，走去点上一支烟。（一个十七岁的女孩子怎么可以抽骆驼烟？）她的吸烟的姿势具有一种成熟的美。

嘴唇搽着杏色的唇膏，连吐出来的烟霭也是杏味的。我必须压缩自己的感情，坚拒芒刺般的眼波来侵。伞下的想象，雨水再一次受到挫折。远方的一株树不过是一个古怪的联想。凡是年轻人，总爱追求两个太阳。怀疑如小偷般潜匿在角隅处，不敢动弹。大胆的愿望，恰被惊怯的踌躇所阻。我不像是个有胆量的男人，投小石于心池中，泛起几圈涟漪，一若海鸥点水。那午夜的爱情是合法的，但是好奇的男女皆不注意阳光的角度。想喝一杯酒，酒瓶已空。失望常是冰凉的，舞蹈家在梦境中断了鞋带。她舒口气，眼睛里仍有振奋的神情。（一切都会消逝的，我想。）然而这想念并未给我太多的鼓舞。

——不必怕，我已不是你想象中的我了，她说。

——我知道。我知道。

——既然知道，何必迟疑？

（这样的话语，哪里像一个十七岁的女孩子说的？）我怕。我忽然见到一对虎的眼。

拉开门，弃甲而遁。走到街上，犹有余悸。进入凉茶店，打一个电话给麦荷门。

——借三百块钱给我?

——为什么?

——我决定搬家了。

——什么时候要?

——如果方便的话,最好一两天内就拿给我。

挂断电话,我走进一家酒楼。

# 12

过了一天,《蝴蝶梦》的故事交出了。莫雨说是电影界多了一个生力军,值得庆贺。但是没有付钱给我。

——这是家喻户晓的故事,一定可以通得过的。他说。

——但是我不懂运用电影剧本上的术语。

——写一个文学剧本就是了,分场分镜的工作,由我来替你做。

事情这样决定,内心燃起希望之火。

※

又过了一天,麦荷门约我在美心见面,拿了三百块钱给我,千叮万嘱,要我小心用钱,别将这笔钱变成酒液喝下。

谈到他的那个短篇,我说:

——写得不坏,比时下一般"文艺创作"高明多了;只是表现手法仍嫌陈旧,不是进步的。

他瞪大一对询问的眼,显然要我作更详细的解释。我喝了一口酒,继续说下去:

——目前的所谓"文艺小说"根本连五四时代的水准都够不上。有人努力于这一水平的攀登,即使达到了,依旧是落后的。实际上，五四时代的小说与同时代的世界一流作品比较，也是落后的。如果今天的小说家仍以达致五四水准为最终目的的话，那么我们就永远无法在世界文坛占一席地了。你的这个短篇，结构很严谨，而且还有个惊奇的结尾，如果出现在莫泊桑或者奥亨利那个时代，当然会被视作优秀作品；但是，用今天的眼光来看，它无疑是落后的。文学是一种创造，企图在传统中追求古老的艺术形式与理想，无论怎样热情，也不会获致显著的成就。现实主义早已落伍了，甚至福楼拜也说过这样的话——我们手边有复音的合奏，丰富的调色板，各种各样的媒介……但是我们缺乏的是：（一）内在的原则；（二）事物的灵魂；（三）情节的思想。福楼拜是现实主义大师，他的话当然不会是危言耸听。事实上，现实主义的单方面发展，是绝对无法把握全面的生活发展，因此，连契诃夫也会感慨地说出这样的话了：我们的灵魂空洞得可以当作皮球踢！

我又喝了两口酒，然后加上这几句：

——现实主义应该死去了，现代小说家必须探求人类的内在真实。

麦荷门点点头，表示同意我的看法。他要我介绍一些作品给他，我仅就记忆所及，说了几位优秀作家的作品：

——汤玛斯曼的《魔山》，乔也斯的《优力栖斯》与普鲁斯特的《往事追迹录》是现代文学的三宝。此外格雷夫斯的

《我，克劳迪亚》，卡夫卡的《审判》与《城堡》，加缪的《黑死病》，福斯特的《过印度》，沙特的《自由之路》，福克纳的《我躺着等死》，浮琴尼亚吴尔芙的《浪》，巴斯特纳克的《最后夏天》，海明威的《再会罢，武器》与《老人与海》，费滋哲罗的《伟大的盖斯贝》，帕索斯的《美国》，莫拉维亚的《罗马一妇人》，以及芥川龙之介的短篇等等，都是每一个爱好文学的人必读的作品。①

麦荷门脸上忽然出现了一种奇特的表情，看起来，有点像苦力驮着太重的物件。

麦荷门是一个好强的青年，不但接受了我的劝告，而且还一再向我道谢。他是决定将文学当作劳役来接受的。我觉得他傻得可爱，至少在香港就不容易找到像麦荷门那样的傻子。

※

又过了一天，司马先生再一次向我提出严重警告，说是：如果再调戏他的女儿，他就要到法院去控告我了。我竭力否认此事，他不肯置信。

※

又过了一天，我做了一场梦。梦见我编的《蝴蝶梦》已

---

① 《我，克劳迪亚》今通译《我，克劳迪亚斯》，《黑死病》今通译《鼠疫》，《过印度》今通译《印度之行》，沙特今通译萨特，巴斯特纳克今通译帕斯捷尔纳克，费滋哲罗今通译菲茨杰拉德。

拍成，在港九两间专映头轮西片的戏院联合献映，卖座极盛，创立了本年度国语片最高票房纪录。

※

又过了一天，我在告罗士打遇到张丽丽。她跟一个肥胖得近乎臃肿的男人在一起，打扮得十分花枝招展。我望着她，她望着我。我们用眼色交换寒暄。

※

又过了一天，我找到一间光猛的梗房，月租一百二，包水电。包租婆姓王，是个半老的徐娘，皮肤很白，丈夫在船上做工，每年回港两次。她有两个孩子，都是男的：一个二十岁，一个九岁。二十岁的那个名叫王诚，不读书，跟着父亲在船上当学徒；九岁的那个名叫王实，很笨，读小学一年级，还要留班。这一家人说是四个，实际等于两个，很清静。王太那一层楼并不大，两房一厅，分租了一间给我。看来，她的经济情形还不错，丈夫虽说是个粗人，因为在船上做工，经常带些私货，赚钱不会有什么困难。照说，她是不应该分租的，但是她觉得太冷静，家里需要多一个男人。

※

又过了一天，我搬家了。除了书籍以外，只有简单的家具：一只床，一只写字台，两只椅子，一只五斗橱以及一只比五斗橱几乎大两倍的书架。我雇了一辆小货车，由三个苦力将家具抬下楼去。司马夫妇出去打牌了，只有司马莉一个人坐在客厅里听东尼·威廉姆斯唱的《只有你》。

——走过来,有话跟你说。

当苦力们正在搬东西的时候,她忽然声色俱厉地对我咆哮。我走到她面前,问:

——有什么事吗?

——将你的地址告诉我!

——为什么?

——难道这也需要理由?

——是的,非有充分的理由不可。

——怕我吃掉你?

——怕你再制造谣言。

她笑了。她点上一支烟。她将烟圈喷在我的脸上。她睁大眼睛。她说:

——把你的地址告诉我。

——等你到了二十岁时,再来找我。

我挪步朝卧房走去。她追上来,将嘴巴凑在我耳畔,声音低若蚊叫:

——告诉你一个秘密。

——什么?

——你必须发誓不讲给别人听。

——那么,不必告诉我了。

我走去收拾东西。她又追上来,又将嘴巴凑在我耳畔,声音又像蚊叫一般低：

——你是一个固执的男人。

——是的，我是一个固执的男人。

——我喜欢你的固执。

——不必再说这种话。

——所以我还是愿意将自己的秘密告诉你，谅你也不会对别人讲的。

（一个十七的女孩子，会有什么秘密？我想。考试作弊，抑或偷了别人的粉盒？）

吸一口烟，将话语随同烟霭一起吐出来：

——我在十五岁那年已经堕过胎了！

话语犹如晴天霹雳，使我感到极大的诧异。我瞪大眼睛望着她，她在笑。她的笑容极安详。

——亚莉，我说。你还年轻，不能自暴自弃。

她将长长的烟蒂子往地板上一扔，用皮鞋踩熄后，说：

——你是一个写小说的人，但是头脑太旧了。

——对于一个十七岁的女孩子，头脑太新，实在是一件非常危险的事。

——危险？有什么危险？

——再过十年，你会了解我今天所说的话的。

苦力已经将所有的东西全部搬了下去。这间小小的梗房，空落落的，只有一些垃圾与旧报纸堆在地板上等待扫除。

——再见，我说。

——你还没有将地址告诉我。

——还是不说的好。

走出司马家大门，我就听见司马莉在后面大声哭泣。（眼泪是女人的武器，我想。它可以使软心肠的男人跌入陷阱。）我不是傻瓜，特别是头脑清醒的时候。

※

又过了一天，发现包租婆酒柜里放着不少洋酒，以为她也是一个酒鬼，后来才知道她并不嗜酒。

——既然不喜欢喝，为什么放这么多的酒在酒柜里？

她的回答是：

——有了酒柜总不能没有酒！

※

又过了一天，包租婆请我喝了半瓶"黑白"威士忌。她的理由是：反正没有人喝。

※

又过了一天，我不但将剩下的半瓶"黑白"威士忌喝尽，而且另外还喝了几杯 VAT69 威士忌。王太赞我酒量好。我觉得她的笑容像一朵盛开的花。

——你的丈夫每年回来两次？我问。

——是的。

——你的丈夫每月汇钱给你？

——是的。

——你的丈夫每天写一封信给你？

——没有。

——每一个星期写一封？

——没有。

——每一个月？

——也没有。

——难道他从来都不写信给你？

——他不识字。

——为什么不请别人代写？

——他太忙。

——不见得忙得连写封信的时间也没有？

——当他在船上时，他忙于赌钱；当他上岸时，他忙于找女人。你要知道凡是在船上做工的人，只要肯带一些私货，赚钱是不必花什么气力的。我们王先生精力过剩，必须设法消耗，所以，几乎每一码头都养一个女人。

——你也是其中之一？

——是的，我是他的"香港夫人"；此外伦敦、马赛、汉堡、纽约、旧金山等大埠固不必说，甚至连巴生、西贡、横滨、加尔加答……都有。

——你替他养了两个孩子？

——是的。

——别地方的"夫人"呢？

——恐怕连他自己也搅不清楚。

（这位王先生实在是一个非常有趣的人物，我想。长年坐着大船在地球上兜圈子，靠走私赚些容易钱；拿这些钱去供养数不清的老婆与子女。）

——他爱你吗？

——不知道。

——你爱他吗？

——我？我爱的是钱。只要他每个月有钱寄回来，那么，当他抵埠时，我就会到九龙仓去接他。

——他不在香港的时候，你觉得寂寞吗？

她笑。她没有回答我的问题。

※

又过了一天，我喝醉了。一对饥饿的眼睛在追寻失去的快乐。夜色已浓，那个名叫王实的孩子早已熟睡。空气凝结成固体，正当行脚人走进黑森林的时候。思想是稻草，突然忘记昨日的风雨以及逝去的蝉鸣；但见女巫爬上天梯，欲望企图登陆月球。两个孤独的旅客相遇于圆盒中，走不出圆盒，结果下了一局象棋。影子压在失名的石头上，石头出汗。春天躲在墙角，正在偷看踩在云层上的足音。……我醉了。

※

又过了一天，我接到那家报馆的通知，要我将那篇武侠小说写到月底结束，理由是：我的武侠小说"动作"没有别人多。这样一来，我已完全没有收入了。我的自尊心受了伤害，连今后的种种也不敢筹算。我走入客厅，没有征得包租婆的同意，打开酒柜，取出一瓶拔兰地。刚斟了一杯，包租婆提着菜篮从街市回来，见我拿着酒，立刻慌慌张张地走来劝阻：

——不能再喝了。

——为什么？

——如果不是因为贪多几杯，昨天晚上也不会做出那种事情来了。

——我心里烦得很。

——是不是怕我缠住你？

——不，不，绝对不是这个意思。

——那么，听我的话，暂时不要再喝。

纵然如此，我还是举杯将酒一口呷尽。包租婆看出我有心事，一再追问。

——将你的心事告诉我，她说。

——我是一个依靠卖文度日的文人，刚才收到报馆的来信，说我的武侠小说写得不好，今后不用我的稿子了。

——哦，原来是这样。

——听口气，你好像并不觉得这是一件严重的事。

她笑了。笑容里含有太多的意思，但是我完全无法捕捉，我渴望喝一杯酒。她却慷慨地拿了一瓶给我。

※

又过了一天，我以整整一个上午的时间撰写《蝴蝶梦》的剧本。我指望拿这笔钱来维持一个时期，同时还清积欠麦荷门的债。

为了追寻灵感，我必须饮酒。

为了使激动的情绪恢复宁静，我必须饮酒。

为了一些不可言状的理由，我必须饮酒。

※

又过了一天，《蝴蝶梦》已写到第三十一场，自以为相当精彩，因此喝了更多的酒。

※

又过了一天，包租婆的酒柜，只剩下两瓶酒了。《蝴蝶梦》写到四十八场。

※

又过了一天，《蝴蝶梦》写到六十二场。包租婆的酒柜里只剩一瓶酒。

※

又过了一天，《蝴蝶梦》杀青。包租婆的酒也全部饮尽。

有了释然的感觉，立刻打个电话给莫雨。莫雨约我在告罗士打见面，口气很兴奋。我已有几天没有出街了，走到外边，精神为之一振。也许是因为已经完成了《蝴蝶梦》的剧本的关系，也许是因为转换了一个新的环境，也许是因为包租婆是个慷慨而又不饮酒的女人……总之，我的心情很好。抵达告罗士打，将剧本交给莫雨。希望他尽早将剧本费支给我。他点点头，嘴里咬着一支雪茄。他没有开口。我只好坦白向他诉说自己的窘迫。他听了，仍不说话，只是扭亮打火机，点燃早已熄灭的雪茄。他吐出一大堆烟雾。这烟雾不但使我有了雾里看花的感觉，抑且猛烈地咳呛起来。他笑了，笑得很不自然。我一定要他作具体的答复，他才说了这么一句：

——过一个星期再打电话给我。

——再过一个星期，我就要饿死了！

——当真那么穷？

——没有一家报馆要我的武侠小说。

——为什么不写黄色小说？

——前些日子，你不是劝我改写电影剧本的？

——唉，关于电影圈里的事，那就一言难尽了。不过，你有改行的意思，我当然是愿意鼓励你的。

# 13

"你不能自暴自弃,"信是这样开头的,"香港虽然是一个文化空气并不浓厚的地方,但是每一个知识分子都有责任保存中国文化的元气及持续。为了生活,谁也不能阻止你撰写荒谬的武侠小说。这里是一块自由的天地,读者有自由挑选他们喜欢阅读的东西,作者也有自由撰写他们愿意写的东西。你的痛苦,我很了解。你当然并不愿意撰写武侠小说的,只是为了生存,不能不做这种违背自己心愿的工作。一个有艺术良知的作者,如果不能继续生存,那么这艺术良知就等于零了。不过,目前你的处境虽窘迫,仍有不少空余时间。你应该戒酒,放弃做一个逃避主义者的念头。将买酒的钱买饭吃,将空余的时间撰写你自己想写的作品。不要害怕他人的曲解与误会,也不必求取他人的认知。E. M. 福斯特曾经说过这样的话:在整个物质宇宙中,艺术工作是占有内在秩序的唯一目标。为了这个缘故,我们才重视艺术工作。但是,没有一个艺术工作者在耕耘的时候想到收获的。诚如你过去对我说过的:乔也斯生前是怎样的清苦,又是怎样的勤奋。他是个半盲人,为了生活,迫得去教书,迫得去做书记工作,可是他从来没有中断过自己愿意做的事情，迨至《优力栖斯》出版，检查员禁止他的作品出版，盗印商盗印他的作品牟利，读者们曲解他的作品；但是他仍不气馁。他依旧继续不断地工作，包括自己愿意做的，以及不愿意做的。他很穷，旅居苏黎支时，他依靠一个社团捐赠的一百镑而幸免于饿死。他死时，几乎一文不名。在文学史上，没有一位作家比他的一生更痛苦，更凄惨。当他在世时，他的作品受尽了奚落与蔑视；但是今天，所有的严肃批评家已一致承认他是二十世纪最伟大的作家了。凡此种种，都是你自己告诉我的。你对于文学的了解当然比我深刻，而且我相信你的潜力是无竭的，如果你有决心，你一定可以写出具有相当影响力的作品。文学是一种苦役，真正爱好文学的人皆是孤独的。你不必要求别人的认知，也不必理会别人的曲解与咒骂。乔也斯死去仅二十一年，他已经成为'现代文学的巨人'，但是又有谁知道当时侮辱乔也斯的冬烘们是些什么东西？朋友，你应该有勇气接受现实，同时以绝大的决心去追求理想。"

署名是麦荷门。

# 14

将自己禁锢在房内，哭了一天。

# 15

（我必须戒酒，我想。我必须继续保持清醒，写出一部具
有独创性的小说——一部与众不同的小说。虽然香港的杂志
报章多数是商业性的，但也并不如某些人嘴里所说的那么肮
脏。大部分杂志报章的选稿尺度固然着重作品本身的商业价
格，但是真正具有艺术价值的作品，也还是有地方可以发表
的。所以，我必须戒酒。我必须振作起来，写一部与众不同的
小说。二十多年前，当我在学校读书的时候，我已经写过一些
实验小说了！我尝试用横断面的手法写一个山村的革命，题名
《七里吞的风雨》；我尝试用接近感觉派的手法写一个白俄女人
在霞飞路边作生存的挣扎，题名《安娜·伏隆斯基》；我尝试
用现代人的感受写隋炀帝的荒谬，题名《迷楼》……但是今
天，我竟放弃了这些年来的努力，跟在别人背后，大写其飞剑
绝招了。我对不起自己。我对不起自己。我对不起自己。）

这些年来，计划中想写的小说，共有两个。

一、用百万字来表现一群小人物在一个大时代里的求生
经验，采用心理分析的方法，写北伐，写国难，写抗战，写
内战，写香港。此书拟分十部，第一部题名《花轿》。当我旅

居新加坡的时候，《花轿》已经写好三分之一，后来因为贫病交迫，一直没有继续写下去。

二、写一部别开生面的中篇小说，由三个空间合组而成，从三个不同的角度去描绘一颗女人的心。（应该先着手撰写哪一部？将《花轿》继续写下去，则所费时日太久，生活不安定，未必有把握完篇。写一个别开生面的中篇，主要的条件：结构必须十分严谨。如果心绪不宁，漏洞必多，成功的希望也就不大了。）

眼望天花板，有一只蜘蛛正在织网。蜘蛛很丑陋，教人看了不顺眼。它正在分泌黏液，爬上爬下，似乎永远不知疲惫。

（凡是尝试，多数会失败的，我想。没有失败的尝试，就永远不会有成功。我应该在这个时候拿出勇气来，作一次大胆的尝试。香港虽然是一个商业味极浓的社会，但也产生了像饶宗颐这样的学者。）

我一骨碌翻身下床，开始草拟初步大纲。这是一部注重结构的小说，万一组织不严密，那就等于白费气力。

狂热不是营养素，饥饿却无法伸展其长臂。四个钟头过去了，我发现这大纲并不容易拟。现代小说虽然不需要曲折的情节，但是细节交错需要清醒的头脑，一若织绒线衫的需要灵活的手指。

有人敲门。

原来是包租婆。

——给你炒了一碗饭，她说。

走入客厅发现圆桌上放着一碗炒饭，一碟卤味和一瓶威士忌。

止不住内心的怔忡，分不清喜悦与悲哀，乜斜着眼珠子，投以不经意的一瞥。昨晚还空着的酒柜，此刻又已摆满酒瓶。

钢铁般的意志终于投入熔炉。抵受不了酒的引诱，我依旧是尘世的俗物。

一杯酒的代价，魔鬼就将我的灵魂买去了。那一排酒等于鱼饵，饥饿的鱼势必上钩。于是我看到一个可怕的危机。两种不同的饥饿正在作公平的交易。

一切都是奇妙复杂的，包括人的思想与欲望。当我喝下第一杯酒后，就想喝第二杯。

思想变成泥团，用肥皂擦也擦不干净。狂热跳卜酒朴，醉了。

包租婆是个被侮辱与被损害者，但是她有妩媚的笑容。黑色的洞穴中，灯被劲风吹熄于弱者求救时。于是听到一些奇奇怪怪的声音，原来是疯子作的交响乐章。

——这是上好的威士忌，她说。

——是的，是的，我愿意做酒的奴隶。

没有理想。没有希望。没有雄心。没有悲哀。没有警惕。

理想在酒杯里游泳。希望在酒杯里游泳。雄心在酒杯里游泳。悲哀在酒杯里游泳。警惕在酒杯里游泳。

一杯。两杯。三杯。四杯。五杯。……

我不再认识自己，灵魂开始与肉躯对调。包租婆的牙齿洁白似贝壳。包租婆的眼睛眯成一条线。

（只有傻瓜才愿意在这个时候谈文学的革命，我想。文学不是酒。文学是毒酒。书本读得越多的人，越孤独。有人仍在流汗，沙漠里刚长出一枝幼苗，眼看就要给腐朽者拔掉了。只有傻瓜才愿意在这个时候谈艺术良知。许多人的头脑里，装着太多的龌龊念头。）

男子的刚性被谋杀了，一切皆极混乱，情感更甚，犹如五岁男孩的铅笔画。明日之形象具有太多的蓝色，乐声的线条遂变得十分细小。

号外声忽然吞噬了乞丐的啜泣。

包租婆走去将玻璃窗关上，咧着嘴，存心展览洁白的牙齿。猫王的声音含有大量传染病菌，纵或是半老的徐娘，也不愿在这个时候扭熄收音机。

没有一条柏油路可以通达梦境，那只是一架意象的梯子。当提琴的手指夹住一个叹气时，酒涡尚未苍老。

有一条黄色的鱼，在她的瞳子里游泳。

（我必须忘记痛苦的记忆，让痛苦的记忆变成小孩手中的气球，松了手，慢慢向上升，向上升，向上升，向上升，向上升……升至一个不可知的空间。）

（我必须抛弃过奢的欲望，让过奢的欲望，变成树上的花瓣，风一吹，树枝摇曳，飘落在水面，慢慢向前流，向前流，向前流，向前流……流到一个不可知的地方。）

（我必须抹杀自己的良知，让自己的良知，变成画家笔底的构图，错误的一笔，破坏了整个画面，愤然用黑色涂去，加一层，加一层，加一层，加一层，加一层……黑到教人看不清一点痕迹。）

我闭上眼睛。

幻想中出现两只玻璃瓶。

但是，她说她也见到了两只玻璃瓶。这是不可能的，虽然雨伞也会拒绝阳光的侵略。

——什么颜色？我问。

——一只是紫色的，一只是蓝色的。

——我看到的却是两只蓝瓶。

——这就奇了。

——你有没有看出里边装着什么东西？

——两瓶都是爱情的溶液。你呢？

——我只看到酒。

——为什么不睁开你的眼睛？

睁开眼睛，面前放着两杯拔兰地。我不知道我已经喝了多少杯，然而那不是制造快乐的原料。我并不快乐。

（处在这个社会里，我永远得不到快乐，我想。）

虽然有了七分醉意，仍有三分清醒。我怕包租婆，匆匆走了出来，再也不想知道那两只瓶子里究竟装的是爱情，抑或酒液？于是走进一家电影院，坐在黑暗中，昏昏沉沉地睡了一觉。睡后做一个梦，梦见星期六不办公的上帝。有人摇动我肩，醒来正是散戏的时候。走出戏院，夜色四合。迷失在霓虹灯的丛林中，头很痛。

想起钱，打了一个电话给莫雨：

——正想找你，他说。马上过海来，我在"格兰"等你。

坐在渡轮上，火焰开始烤灼我的心。一个新生的希望，犹如神灯里的 genie①，从很小很小的形体，瞬息间变得很大很大。

渡轮特别慢。渡轮像蜗牛。渡轮上的搭客个个态度安详。

海上泊着一只航空母舰，大得很。但是它不能使我发生兴趣。

九龙的万家灯火，比天上的繁星美丽得多，但是它不能使我发生兴趣。

渡轮上坐着一个年轻女人，打扮得如同复活节的彩蛋。但是她不能使我发生兴趣。

渡轮抵达佐敦道码头，雇了一辆的士，直驶格兰酒店。

莫雨早已坐在靠窗的座位上，见到我，立刻堆上一脸阿

---

① genie，妖怪。

诙的笑容。莫雨是不大肯露笑容的人。坐定，向仆欧要一杯咖啡。

谈到剧本，莫雨的态度很持重，并不立刻开口，脸上倏地转换了一种十分尴尬的表情，不像喜悦，也不像歉仄，根本并不代表什么。他不断地喷着烟雾，企图用烟雾来掩饰自己的窘迫。

——失败是成功之母，不必灰心，他说。反正公司已拟订了增产计划，以后机会多得很，只要有决心，迟早终可以走进电影圈的。事实上，电影圈最缺乏的就是编剧人才。过去，因为闹剧本荒，我们老板一度有意将日本片的故事改成中国人物与中国习俗，加以重拍；现在，由于观众们对古装片百看不厌，剧本荒的问题总算解决了一半。我说解决一半，当然指的是题材，至于做改编工作的人才，还是非常缺乏。公司方面为了配合增产计划，总希望能够造就一些新人出来。你既已有决心改行，绝不能因为一个剧本的没有写好，就感到气馁。事实上，如果我是老板的话，我倒是很愿意拍一部具有艺术价值的电影。可惜我不是老板；而老板的看法，又常常跟我们不同，所以……

没有等他将话语讲完，我离开了格兰酒店。

（这是一个什么世界？我想。文章的好坏取决于有无生意眼，电影的优劣亦复如此。文学与艺术，在功利主义者的心目中，只不过是一层包着毒素的糖衣。）

# 16

　　希望是肥皂泡，作了霎那的舞蹈，摇呀晃的，忽然破碎于手指的一点。我终于察觉了自己的愚骏，再也不愿捕捉彩色的幻念。当我烦闷时，酒将使我咧嘴狂笑；而包租婆依旧保持酒柜的常满，企图在我心田播下一粒种子。我不能单靠酒液生存，包租婆竟邀我同桌进食。起先，她不肯收饭钱；后来，知道我已失业，连房租也索性不要。我心里很不自在，因此喝了更多的酒。有一天，从报馆拿到了最后一笔稿费，居然存心愚蠢地被命运戏弄。离开马场时，口袋只剩几块零钱。回到家里，包租婆问：

　　——到什么地方去了？

　　——赌马。

　　——运气怎样？

　　——不好。

　　——输掉多少？

　　——不算多，只有半个月的稿费，但是那已经是我的全部财产了。

　　输去一百多块钱，不能算多；但是把自尊心也输掉了，不能不可怜自己。

第二天早晨，我决定找麦荷门想办法，走到门口，包租婆塞了一百块钱给我。

我拒绝收受。

走到楼下，我第一次意识到事情的可怕。（我应该搬到别处去居住，我想。）

半个钟头过后，我与麦荷门在告罗士打饮茶。

——有两个问题，必须解决，我说。

——哪两个问题？

——第一，职业问题；第二，我打算再搬一次家。

——又要搬家了？为什么？

——我虽然穷，可是仍有自尊心。

——不明白你的意思？

——再没有收入，我将变成一个吃拖鞋饭的男人了！

麦荷门的两只眼睛等于两个"？"。

进一步的解释已属必需，但是未开口，视线就被泪水搅模糊了。麦荷门不能理解我的悲哀，久久发愣，然后作了这样的结论：

——一个遁世者忽然变成厌世者了！

——是的，荷门，我想不出这个世界还有什么值得留恋的东西。

——酒呢？

——那是遁世的工具。

——希望呢？

——我已失去任何希望。

麦荷门低着头，下意识地用银匙去搅混杯中的咖啡。

——你说你不是一个勇敢的人？他问。

——是的。

——因为你没有勇气自杀？

——一个失去任何依凭的人就没有理由继续偷生了。

——我的看法刚刚跟你相反。

——你的看法怎样？

——我认为一个勇敢的人必须有勇气继续活下去。

接着麦荷门提出一个计划：办一本文学杂志，希望我能担任编辑的工作。关于资金方面，他母亲已经答应拿出一部分私蓄。

——你父亲呢？

——他不会赞成办文学杂志的。过去，我曾经向他透露过这个意思，他大表反对，说是在香港办文学杂志，绝对不能超过"青年园地"的水平，否则，非蚀大本不可。

——他的看法很有道理。

——但是，我的想法不同。我认为只要杂志本身能够在这乌烟瘴气的社会中产生一些积极的作用，那么蚀掉几千块钱，也有意义。

——这是傻瓜的想法。

——我们这个社会，聪明人太多，而傻瓜太少。

——杂志登记时要缴一万元保证金，这笔钱，到哪里去筹？

——保证金的问题不难解决，麦荷门说。报馆里有位同事曾经在今年春天办过一本杂志，后来因销数不多而结束，如果我们决定办的话，可以借用他的登记证，每一期付两百块钱利息给他。

——你有适当的名称吗？

——大大方方就是"文学"两个字，你看怎样？

——过去傅东华编过一本杂志叫作《文学》，而前几年台湾也有一本《文学杂志》。

——你的意思呢？

——不如叫作《前卫文学》，教人一望而知这是一本站在时代尖端的刊物。

——好极了！好极了！决定叫《前卫文学》。

麦荷门非常兴奋地跟我研究杂志的内容了。我的意思是译文与创作各占一半篇幅。译文以介绍有独创性而具有巨大影响力的现代作品为主；创作部分则必须采取宁缺毋滥的态度，尽量提高水准。

——目前，四毫小说的产量已达到每天一本，除了那些盗印别人著作的，多数连文字都不通，更谈不上技巧与手法。

这种四毫小说，犹如稻田里的害虫一般，将使正常的禾苗无法成长。如果我们能够在这个时候出版一本健康的、新锐的、富有朝气的文学杂志，虽不能像 DDT 般将所有的害虫全部杀死，最低限度，也好保护幼苗逐渐茁壮。

麦荷门脸上立刻泛起一阵红润润的颜色，眼睛里有自信的光芒射出。我虽然也感到兴奋，却不像他那么乐观。在我们这个环境里，格调越高的杂志，销数越少；销数多的杂志，格调必低。我们理想中的那本杂志。编得越好，则夭折的可能性越大。

经过一番冷静的考虑后，我说：

——这虽然有一个崇高的理想，但是将你母亲辛苦积蓄下来的钱白白丢掉，实在不能算是一个聪明的做法。

——我不愿意接受任何方面的津贴，更不愿意办一本害人的黄色杂志。

麦荷门的态度竟会如此坚决。

麦荷门愿意每个月付我三百块钱，作为薪水，不算多，但也勉强可以应付生活所需。

——只要不喝酒，不会不够的，他说。这是实践我们共同理想的工作，希望你能够经常保持清醒。酒不是桥梁，只是一种麻醉剂。你想做一个遁世者，酒不能带你去到另外一个世界。过去，你不满现实；现在你必须拿出勇气来面对现实。《前卫文学》的销数一定不会好，可是我倒并不为此担忧。像这样严肃而有分量的杂志，即使只有一个读者，我们的精力就不算白花了！

这一番话，具有一种特殊的力量，使我的血在血管里开始作百米竞赛。理想注射了多种维他命，希望出现了红润的颜色。一个内在真实的探险者，不能在抽象的溪谷中解开酒囊。

我有了一份理想的工作。

我要求麦荷门借三百块钱给我，为了搬家。

# 17

酒柜里放满酒瓶。

对于包租婆，这是饵。如果所有的鱼都是愚蠢的，渔翁也不会有失望的日子了。那天晚上，收音机正在播放法兰基·兰唱的《坠入情网的女人》，我拉开房门，对她说：

——我要搬了。

她哭。

嘴巴弯成弧形，很难看。那个名叫王实的男孩显然有点困惑不解，抬起头，问：

——妈，你为什么哭？

做母亲的人不开口，王实也哭了。

做母亲的人用手抚摸王实的头颅，泪水像荷叶上的露水，从脸颊滑落下来，掉在衣襟上。

王实的泪水也像荷叶上的露水，从脸颊滑落下来，掉在衣襟上。我不愿意看女人流泪，也不愿意看男孩流泪。必须到外边去走走了。夜晚的香港最美丽，但是那是世俗的看法。霓虹灯射出太多的颜色，使摩肩擦背的行人们皆嗅到焦味。是情感烧焦了，抑或幻梦？柏油路上的汽车似箭般驶过，玩倦的有钱人寻求拖鞋里的闲情。我是有家归不得的人，只想购买麻痹。走进一家舞厅后，不再记得麦荷门的叮咛。我的思想在黑暗中迷失了。这家舞厅为什么这样黑暗？舞厅是罪恶的集中营。每一个舞客都有两只肮脏的手。

然后我看到一对涂着黑眼圈的稚气的眼睛。（不会超过十六岁，我想。她的吸烟姿态是相当老练的，可是仍不能掩饰她的稚嫩。）

——不跳舞？她问。

——不会跳。

——过去常跑舞厅？

——今天是第一次。

——一定是个失恋者了，她说。

——何以见得？

——只有失恋的人才会有这样的勇气。

——进舞厅也需要勇气？

——第一次单独进舞厅不会没有缘故。

出乎意料之外，她的舌尖含有太浓的烟草味。黑暗是罪恶的集中营。酒精与烟叶味的一再交流。两个荒唐的灵魂犹如面粉团般，糅合在一起。我怀中有一头小猫。

——叫什么名字？

——杨露。

——下海多久？

——两个月。

——不怕男人的疯狂？

——只要疯狂的男人肯付钱，就不怕。

——我倒害怕起来了。

——怕什么？

——怕一头驯顺的小猫有一颗蛇蝎的心。

她笑。笑得很稚气，虽然眼圈涂得很黑。我掏出钞票，向仆欧买了五个钟。她问：

——不带我出街？

——刚才只喝了三杯酒。

——跟酒有什么关系？

——如果喝了十杯威士忌，我一定买全钟带你出街。

——你是一个有趣的男人，她说。

——你是一个有趣的女孩子。

——我不是女孩子。

——当我喝下十杯威士忌时，我会知道的。

离开舞厅，身心两疲，想起刚才的事，犹如做了一场噩梦。回到家里，客厅里冷清清的，只有时钟仍在计算寂寞。猜想起来，包租婆与她的儿子一定睡着了。掏出钥匙，转了转，发现房门掩着，并未上锁。推门而入，习惯地伸手扭亮电灯，竟看到包租婆躺在我的床上。（蛇的睡姿，我想。）我蹑步走到床边，仔细察看，她睡得正酣。

伸手摇摇她的肩膀，她醒了。

——为什么睡在我的床上？我问。

她的笑，有如一朵醉了的花。那刚从梦境中看过奇怪事物的眼睛里有困惑的光芒射出。

——为什么睡在我的床上？我问。

她格格作笑了，笑声似银铃。然后我嗅到一股浓洌的酒气，颇感诧异。

——为什么睡在我的床上？我问。

她解开睡衣的纽扣，企图用浑圆的成熟来攫取我的理智。

我拨转身，毅然离去。

踯躅在午夜的长街，看彩色的霓虹灯相继熄灭。最后一辆电车刚从轨道上疾驰而过，夜总会门口有清脆的醉笑传来。我想喝些酒，过马路时，惊诧于皮鞋声的嘹亮，心似鹿撞。然后被热闹的气氛包围了。酒、歌、女人的混合，皮鼓声在氤氲的烟霭中捕捉兴奋。当仆欧第三次端酒来时，我见到一对熟悉的眸子。

——是你？司马莉问。

——是的。

——一个人？

——我是常常一个人到这里来的。

——跳舞？

——不会。

——既然不会跳舞，何必到这里来？

——喝酒。

——请我喝一杯？

——不请。

——为什么这样吝啬？

——像你这样的年龄，连香烟都不应该抽。

——你记得吗？

——什么？

——如果我没有决心的话，我已经做母亲了！

说着，她向仆欧要一杯马提尼鸡尾酒。然后她向我提出几个问题。她问我住在什么地方，我说就要搬了。她问我还写武侠小说不，我说不写了。她问我有没有找到知心的女朋友，我说没有。她又问我是不是像过去那样喜欢喝酒，我说醉的时候比较少。最后谈到司马夫妇，她说：

——到澳门赌钱去了。

司马莉是一个性格特殊的女孩子，犹如邮票中的错体，不易多见。当她发笑时，她笑得很大声。当她抽烟时，她像厌世老妓。现在，她的父母到澳门去了，她的兴奋，与刚从笼中飞出的鸟雀并无分别。

盛开的玫瑰不怕骤雨？

三杯马提尼诱出了十七年的大胆。

她拉我走入舞池。我不会跳。我们站在人丛中，相互拥抱。我不知道这是什么力量，可能是"色生风"将我们吹在一起了。第一次，我浅尝共舞的滋味，获得另外一种醉，辨不出怀中的司马莉是猫还是蛇。

在沉醉中，没有注意到那些吃消夜的人什么时候离去。当乐队吹奏最后一曲时，已是凌晨两点。

——到我家去？她问。

——不。

——那么，到你家去？她问。

——不。

挽着这过分成熟的少女走出夜总会，沿着静得很的英皇道朝铜锣湾走去。我心目中并无一定的去处，只因不愿意回家，所以走进了维多利亚公园。空气是免费的，黑暗正在孕育大胆，但是我只有三分醉意，无意用爱情的赝品骗取少女的真诚。

一切都是优美的。只要没有龌龊的思想。

司马莉应该有莲瓣的纯白，但是眼睛里却有狂热在燃烧。（十七岁的欲念比松树更苍老。）我打了个寒噤，以为是海风，其实是感情上的。

海很美。九龙的万家灯火很美。海上的船只很美。耸立的热带树很美。司马莉也很美。

（但是她的欲念却患着神经过敏症，我想。我从她那里能够获得些什么？她从我处又能得到些什么？）

她不像是一个寂寞的女孩子，然而她的表现，比寂寞的徐娘更可怕。

——时候不早了，我说，送你回家？

——好的。

她的爽朗使我感到惊奇，却又不能求取解释，坐在车厢里，我发觉她会错了我的话意。我不能告诉她，那是不会结果的花朵，我必须保持应有的镇静。她变成一匹美丽的兽了，喜欢将爱情当作野餐。我不想向魔鬼预约厄运，但愿晚风不断吹醒我的头脑。夜是罪恶的，唯夜风最为纯洁。

抵达司马家门口，司马莉用命令口气要我下车。我在心里划了一个十字，走出车厢。东方泛起鱼肚白的颜色，司马莉的褐色柔发，被晨风吹得很乱。我有点怕，站在门口趑趄不前。

——家里没有人，她说。

——天快亮了，我想回家。

——进去喝杯酒。

——不想再喝。

她很生气，眼睛里射出怒火，拨转身，从手袋里取出钥匙，启开门，走入门内，"嘭"的一声，将大门关上。

（一个"新世纪病"患者，我想。）

（我自己也是。）

双手插入裤袋，漫无目的地在人行道上踩着均匀的步子。

坐上大牌档，吃一碗及第粥，东天已烧起橙红色的晨霞。工人们皆去渡轮码头，微风吹来街市的鱼腥。（四个女人都是"新世纪病"患者，我想。）

我决定搬家。

我决定以全力去办《前卫文学》。

回到家里，只有王实一个人坐在客厅里啜泣。

——为什么又哭？

——阿妈被他们抬到医院去了。

——为什么？

——因为她喝了半瓶滴露。

# 18

我在铜锣湾一座新楼里找到一个小梗房，7×8，相当小，但是有两个南窗。包租人姓雷。是一对中年夫妇，没有孩子，却有一个白发老母。雷先生做保险生意，单看客厅的陈设，可以知道他的收入不坏。雷太很瘦，但谈吐斯文。至于那位老太太，举动有点特别，常常无缘无故发笑，常常无缘无故流眼泪。

# 19

《前卫文学》的准备工作做得很顺利，登记证已借到；荷门也从他的母亲那拿到五千块钱。荷门约我在大丸茶厅饮下午茶，讨论了几个问题。

关于杂志第一期的稿件，我开出一张假想目录：

（A）翻译部分，拟选译下列诸佳作：（一）格拉蒙的《我所知道的普鲁斯特》；（二）乔也斯书简；（三）汤玛士哈代 [1] 未发表的五首诗；（四）爱德华的《史汤达在伦敦》[2]；（五）亨利·詹姆斯的《论娜娜》；（六）高克多的短篇小说《人类的声音》；（七）辛格的短篇小说《一个未诞生者的日记》。

（B）创作部分，好的新诗与论文还不难找到，只是具有独创性而富于时代意义的创作小说不容易找。

麦荷门主张宁缺毋滥，找不到优秀的创作，暂时就不出版。依照他的想法，中国人的智力如果不比外国人强，也绝不会比外国人差。问题是：我们的环境太坏，读者对作者缺乏鼓励，作者为了生活不能不撰写违背自己心愿的东西。假

---

[1] 汤玛士哈代今通译托马斯·哈代。
[2] 《史汤达在伦敦》今通译《司汤达在伦敦》。

如每一个有艺术良知的作者肯信任自己的潜力，不畏任何阻力，漠视那些文氓的恶意中伤，勇往前进，那么正在衰颓的中国文艺也许可以获得一个复兴的机会。

——我无意争取那些专看武侠小说或性博士信箱的读者，荷门说。如果这本杂志出版后只有一个读者，而那一个读者也的确从这本杂志中获得了丰富的营养素，那么我们的精力与钱财也就不能算是白花了。这是我们的宗旨，即使将所有的资本全部蚀光，也决不改变。香港有学问、有艺术良知、有严肃工作态度的文人与艺术家并非没有，只是有坚强意志的文艺工作者就不多了。你自己就是一个很好的例子，以你的智力与才气是不难写一些好作品出来的，但是你缺乏坚强的意志。你不能挨饿，又不堪那些无知者的奚落，为生活，你竟浪费了那么多的精力。现在，办这个《前卫文学》，我是准备丢掉一笔钱的，没有别的目的，只希望能形成一种风气，催促有艺术良知者的自觉。

这一番话，出诸荷门之口，犹如一篇发刊词。我是深深地感动了。

提到《发刊词》，他要求我在这篇文字中对五四以来的文学成败作一不偏不倚的检讨，同时以纯真的态度指出今后文艺工作者应该面对的正确方向。

我答应了。

然而麦荷门希望我用深入浅出的手法，另外写一篇论文，阐明文艺工作者为什么必须探求内在真实。

此外，对于现阶段的中国新诗，荷门要我直率地发表一点意见。

我说：

——目前，中国的新诗仍在实验阶段，虽然已经在黑暗中摸索出一条道路来了，但是新诗的道路不止一条。我反对押韵，因为韵律是一种不必要的装饰。我反对用图像来加浓诗的绘画性，因为这是一种不必要的卖弄。我认为格律诗已落伍，图像诗也不是正常的道路。音乐家在答复外在压力时，很自然地诉诸于音符；画家在答复外在压力时，很自然地诉诸于颜色；诗人在答复外在压力时，应该很自然地诉诸于文字。所以，过分的矫作，必将有损诗素与诗想的完整。

——关于新诗的难懂，你的看法怎样？荷门问。

——寻求这个问题的答案之前，必须知道诗是怎样产生的，我说。诗人受到外在世界的压力时，用内在感应去答复，诗就产生了。诗是一面镜子。一面蕴藏在内心的镜子。它所反映的外在世界并不等于外在世界。这种情形犹如每一首诗的诗素皆含有音乐的成分，但是诗并不等于音乐。内心世界是一个极其混乱的世界，因此，诗人在答复外在压力时，用文字表现出来，也往往是混乱的，难懂的，甚至不易理喻的。

——如果那首诗是不易理喻的，教读者如何去接受？荷门问。

——不易理喻并非不可理喻。诗人具有选择的自由。他可以选择自己的语言。那种语言，即使不被读者所接受，或者让读者产生了另外一种解释，皆不能算是一个问题。事实上，诗的基本原理之一，就是让每一位读者对某一首诗选择其自己的理解与体会。

——如此说来，我们就可以不必凭借智力去写诗了？

——有一种超现实诗是用不合逻辑的文字堆砌而成的，旨在表现幻想与潜意识的过程。胡适称之为不重理性的诗，其实却是纯心灵的、不可控制的表现。我个人绝对赞成诗人探求内在真实，但是我至今还不愿意接受所谓"贴纸诗"。那是一种完全不必凭借智力的诗作，使读者不但得不到觉醒，抑且无法选择其自己的理解与体会。这纯然是一种游戏，没有什么道理。我认为，难懂的诗是可以接受的，不懂的诗必须扬弃。

——你的意思：诗人仍须用理智去写诗？

——是的。在探求内心真实时，单靠感觉，或无理可喻的新奇，是走不出路子来的。

——现阶段的新诗有些什么问题？

——第一，新诗到今天，已经出现了一个可忧的差不多现象。第二，造句违反中国文法及语言组织。第三，作者们字汇不够。举一个例，诗人们似乎特别喜欢选用"子宫"等等名词。第四，大部分诗作过分缺乏理性。第五，诗人刻意追求西洋化的新奇甚至在诗中加插外国文字，忽略了中国气派与中国作风。……

——然则，我们的《前卫文学》是不是也选登新诗？

——诗是文学的一个部门，不能不登。

——对于诗的取舍，《前卫文学》将根据什么来定标准？

——只要是好的，全登。我们不能像台湾某些诗刊，专登标新立异而违反中国语言组织的新诗；更不能像香港某些"青年园地"式的文艺杂志，专登无病呻吟的分行散文。总之，诗的道路不止一条，只要是含有中国作风与中国气派而具有独特个性的诗作，绝对刊登。

——含有中国作风与中国气派而具有独特个性这句话，是不是指完全不受西洋文艺思潮的影响？

——不。我的意思是：我们可以吸收西洋文学的精髓，加以消化，然后设法从传统中跳出，创造一个独特的个性。

——这是我们选诗的态度？

——这是我们选稿的态度。

麦荷门赞成用这种态度去选稿，只是担心佳作不易获得。我建议先作一次广泛的征稿工作，然后决定出版日期。

麦荷门主张请有成就的老作家写一些创作经验谈之类的文章。

理由是：可以给年轻的作家们一点写作上的帮助。

——举一个例，他说，有些年轻作者连第一人称的运用都不甚了解，总以为文章里的"我"必须是作者自己。其实，这是一个错误的想法。鲁迅用第一人称写《狂人日记》，文章里的"我"，当然不是鲁迅。否则，鲁迅岂不变成狂人了？前些日子，报馆有位同事跟我谈论这个问题，我说：一般人都以为《大卫·考伯菲尔》是狄更斯的自传体小说，但是我们都知道大卫·考伯菲尔并不等于狄更斯。后者虽然将自己的感情与生命借了一部分给大卫，然而大卫与狄更斯绝对不是一个人。

——这是肤浅的小说作法原理之一，何必浪费篇幅来解释？我们篇幅有限，必须多登些有价值的文字，像你提出的第一人称的问题，只要是有些阅读经验的人，不会不了解。你的那位同事一定是看惯了章回体小说或武侠小说的，所以才会有这种错误看法。我们不必争取这样的读者。如果他连这一点都弄不清楚的话，怎么能够希望他来接受我们所提倡的新锐文学？

麦荷门点点头，同意我的看法。

谈到封面设计，我主张采用最具革命性的国画家的作品：

——赵无极或吕寿琨的作品是很合乎杂志要求的。他们的作品不但含有浓厚的东方意味，而且是独创的。他们继承了中国古典绘画艺术的传统，结果又跳出了这个传统，写下与众不同的画卷，不泥于法，不落陈套，具有革命性，每有所成，皆为前人所不敢想象者。我们创办的《前卫文学》，既以刊登新锐作品为宗旨，那么以赵吕两氏的作品做封面，最能代表我们的精神。

麦荷门并不反对这个建议，但是他怕一般读者不能接受。

——我们无意思争取一般读者，我说。我们必须认清目前世界性的文艺新趋势。探求内在真实，不仅是文学家的重任，也已成为其他艺术部门的主要目标了。不说别的，单以最近香港所见到的已有两个例子：（一）柏林芭蕾舞团来港演出，节目单上原有一个题名《抽象》的舞蹈，虽然临时抽出，但也可以说明舞蹈的一项新趋势；（二）匈牙利四重奏在港演奏时，也表现了 Webern 的抽象画式的乐章。作曲家用最简短的声音来传达他的思想。至于其他艺术部门，如绘画，如雕塑，如文学……抽象艺术早已成为进步者的努力方向了。所以，尽管一般读者不愿意接受抽象国画，我们却不能让步。

麦荷门点上一支烟，很持重地寻思半晌，说：

——我不反对用文字去描绘内心的形象，但是，我们不应该刊登那些怪诞的文字游戏。

# 20

　　我的新居是个清静的所在。这一份清静，使我能够很顺利地去做小说的实验工作。我企图用三个空间去表现一个女人的心，虽与理想仍有距离，却已完成了一半。我并未戒酒，然而大醉的情形已经很久没有发生了。雷氏夫妇待我很好，那位老太太的举动却使我感到了极大的惊奇。她常常自语。她常常将自己关在卧房里，不开电灯，呆呆地坐在黑暗中。她常常发笑。她常常流眼泪。我以此询问雷氏夫妇，他们总以叹息作答。有一天，雷氏夫妇到中环一家酒楼去参加友人的寿筵，家里只剩阿婆和我两个。

　　我正在写稿，雷老太太进来了。

　　——新民，你不要太用功，她抖声说。

　　回头一看，老太太的笑容含有极浓的恐怖意味。那一对无神的眼睛，犹如两盏未扭亮的电灯。牙齿是黄的。一只门牙已掉落，看起来，极不顺眼。银灰的头发，蓬蓬松松，像极了小贩出售的棉花糖。

　　——老太太，我是这里的房客。我不是新民。

　　老太太用手指扭亮眼睛，站在我面前，上一眼，下一眼，不断打量。她不说话，我也不说话。很久很久，泪珠从她的脸颊簌簌滚落。

一种不可名状的感觉，如同火焰一般，开始在我心中燃烧。我逼得搁下笔，更换衣服，到外边去找个地方喝酒。我想忘掉自己。当伙计端威士忌来时，思想伸展它的长臂。现代爵士的节奏似鱼般在空中游泅，然后是一对熟悉的眼睛。

——很久不见了，她说。

——是的，很久不见了。

——今晚有空吗？

（她又向我推销廉价的爱情了，我想。）香港到处都有廉价的爱情出售，但是我怕阳光底下的皱纹。我只能请她喝一杯酒，欣赏那并不真实的笑容。

——你误会了，她说。

——误会什么？我问。

——我的意思是：如果你今晚有空的话，我想介绍一个人给你认识。

——谁？

她仰起脖子，将酒一口呷尽，眯细眼睛，说出四个字：

——我的女儿！

（多么丑恶的"贡献"！一个年华消逝的徐娘，自己不能用脂粉掩饰苍老，竟想出卖女儿的青春了。）

我吩咐伙计埋单，以愤恚否定不自然的伪笑。街是一个梦魇，兽性与眼之搜索，以及汽车的喇叭声，形成一幅光怪陆离的图画。情感是个残废者，魔鬼在狞笑。当我回到家里时，雷老太太已睡，雷氏夫妇则在客厅里交换对寿筵的观感。我心里有个问题，必须求取解答。

——谁是新民？

听了我的话，雷氏夫妇的眼睛里皆出现了突然的惊醒。

——我哥哥的名字叫新民。

——现在哪里？

——在重庆的时候给日本飞机投弹炸死了。

接着，雷先生进入卧房，拿了一张褪色发黄的照片出来。说：

——那时候，他才二十出头，刚从重庆大学毕业出来，在资源委员会当科员。他没有结过婚，天资非常聪慧。家母最疼爱他，所以……

# 21

我醉了。

（圣诞节已过。今天吹和缓或清新的东南风至东北风。司机偕少女辟室做爱。"南华"打垮"警察"。再过两天又要赛马了。再过两天就是阳历元旦。）

（代表们又去菲律宾开会了。菲律宾是个有歌有酒有漂亮女人的好地方，代表们预定要到碧瑶去走一遭的。碧瑶风景好，气候也十分凉爽，说是避暑胜地，倒也十分适宜于猎艳。代表们头衔众多，代表了香港，又代表中国大陆。有没有作品，那是另外一件事，但是身上不可不佩金笔套的派克六十一型。）

（代表们此番远征南洋，责任重大，不但要讨论所谓"传统性"，还要讨论所谓"现代风"。）

（记得几年前，有一位佩着派克六十一型的"代表"到伦敦去开会。别人问他：对于詹姆士·乔也斯的作品有什么意见？他立刻摆出一面孔不好惹的神气，努努嘴，扫清喉咙后说："我不大留意新作家！"）

（现在，这批既代表香港又代表中国大陆的"作家"们浩浩荡荡前去菲律宾讨论"传统性"与"现代风"了！）

（这个问题是应该讨论的，但是为什么到今天才研究？是不是缠小脚的老妪到了香港也想穿一对高跟鞋，现代化一番？或者缠小脚的老妪觉得高跟鞋太不方便，索性举起"复古"的大纛，要全港女性全体缠足，作为招徕外国游客的一种"特色"？）

（记得几年前，代表们要到外国去开会，没有盘缠，到处乞求，好容易弄来八百美金，结果因分赃不匀而……）

（代表们虽然没有作品，但是洋泾浜英文倒还可以勉强讲几句的，等到亚洲"俊彦"们济济一堂时，穿上举世闻名的、香港裁缝手制的、笔挺的西装，插上金笔套派克六十一型，走上讲台，对准麦克风，李白长杜甫短地乱扯一通，包管洗耳恭听的"俊彦"们佩服得拍烂手掌。）

（代表们是很想使中国文艺能够"复兴"的，但是开会，找美金，上馆子，玩女人，用金笔套的派克六十一型签名……似乎更多刺激。）

（有的代表们连杰克·伦敦的名字都没有听过。）

（不知道杰克·伦敦还不要紧，因为此次开会的地点究竟不在美国，要是忽然有人问他们对 Juan Ramón Jiménez①

---

① Juan Ramón Jiménez，即胡安·拉蒙·希梅内斯（1881—1958），西班牙诗人，主要作品有《小银和我》《空间》等，1956年获得诺贝尔文学奖。

的作品有何意见时，如果他们也像上次一样答以"不大留意新作家"，岂不又要笑死外国人？）

（代表们代表香港的中国作家。）

（香港是一块文化沙漠吗？不见得。如果实在选不出可以代表的"代表"出来，不如选几位武侠小说作家来代表一下倒比较像样一些。最低限度，他们都是有作品的作家。）

（香港真是一个怪地方。没有作品的"作家"们居然坐了飞机到外国去开会讨论所谓"传统性"与所谓"现代风"了。）

（不知道那班将乔也斯当作新作家的"代表"们在讨论所谓"现代风"时，将发表些什么宏论？）

（香港的天气已转冷，但是菲律宾的气温仍有八十多度。站在椰树底下，眼望海水在落日光中泛起金黄色的鱼鳞，耳听七弦琴的叮咚声，手搂菲律宾少女的柳腰，做些违反"传统"的举动出来，总比坐在香港的写字楼里刺激得多。）

（是的，代表们又去菲律宾开会了。菲律宾是个有歌有酒有漂亮女人的好地方。）

（谁说我们的"作家"们没有成就？单以这一次的会议来说，我们就有两个"代表团"：一个代表大陆的中国作家，另一个代表香港的中国作家。）

（以此类推，将来再开会时，我们如果派出三十个代表团，也不能算是一桩可惊的事。我们在派出代表中国大陆的代表团以及代表香港的中国作家的代表团之外，要是兴致好，尽可以再派一些代表马来亚中国作家的代表团，代表星加坡中国作家的代表团，代表婆罗洲①中国作家的代表团，代表巴西中国作家的代表团，代表巴拿马中国作家的代表团，代表危地马拉中国作家的代表团，代表南非中国作家的代表团；代表加拿大中国作家的代表团，代表千里达②中国作家的代表团，代表秘鲁中国作家的代表团……届时，我们就可以否定《优力栖斯》与《往事追迹录》的文学价值了，斥它们是左道旁门，斥它们标新立异，甚至斥它们是"他妈的"作品，然后通过"全世界爱好文学的同志们必须熟读唐诗宋词"的议案，并授意瑞典学院的十八位委员，将诺贝尔文学奖金颁发给中国的八股文"作家"。）

（这不是梦想。）

（如果没有作品的"作家"们想称霸世界文坛，只要多付些路费，就可以畅所欲为了。）

（所以，代表们又去菲律宾开会了。圣诞节已过，今天吹

---

① 婆罗洲（马来语 Borneo），印度尼西亚称之为加里曼丹岛（印度尼西亚语 Kalimantan），世界第三大岛，面积七十三万六千平方公里，仅次于格陵兰及新几内亚。全境现由印度尼西亚、马来西亚及文莱三国管辖，而菲律宾曾宣称有沙巴部分的主权。

② 千里达，指特立尼达和多巴哥共和国（英文 Republic of Trinidad and Tobago，简称特立尼达），是位于中美洲加勒比海的岛国。全国主要由特立尼达同多巴哥两大岛组成，大部分人口都集中在特立尼达岛上。1962 年独立，首都是西班牙港，法定语言是英文。

和缓或清新的东南风至东北风。司机偕少女辟室做爱。"南华"打垮"警察"。再过两天又要赛马了。再过两天就是阳历元旦。）

　　我醉了。

# 22

　　缝纫机的长针，企图将脑子里的思想缝在一起。这是醉后必有的感觉，虽难受，倒也习惯了。翻身下床，眼前出现一片朦胧，迷惑于半光圈的分裂。（我应该戒酒，我想。）拉开百叶帘，原来是个阴霾的早晨。嘴里苦得很，只是不想吃东西。一种莫名的惆怅，犹如不齐全的七巧板，使我感到莫名的烦恼。天气转冷了，必须取出旧棉袄。香港人一到冬天，就喜欢这种特殊的装束：一件短棉袄，西装裤，皮鞋，解开领扣，露出雪白的西装衬衫，还往往打了一条花式别致而颜色鲜艳的领带。我去南洋时，早已将冬季的西服与大衣转让给别人。回来后，没有钱做新的，就在西环买了这件旧棉袄，熬过好几个冬天。香港的冬天比夏天可爱得多，说是冷，却永远不会下雪。作为一个来自北方的旅客，我对香港的冬天却有特殊的好感。于是打了一个电话给张丽丽。那个有迟起习惯的女人一听到我的声音就大发脾气，说是昨晚参加除夕派对，直到天亮才回家的。我原想向她借一些钱，没有勇气开口，就将电话挂断。我叹了一口气，正感无聊时，有人用手轻叩门扉。拉开门，原来是雷老太太，她手里端着一碗猪肝粥，说是刚刚煮好的，应该趁热吃下。我不想吃，但是她的眼眶里噙着晶莹的泪水。她说：

——新民，你怎么还是这样固执。这猪肝粥是很有益的，听妈的话，把它吃下了。

（可怜的老人，我想。她竟把我当作她的儿子。其实，我自己也未尝不可怜，单身单口，没亲没眷，寄生在这个小小的岛屿上，变成一个酗酒者，企图逃避现实，却又必须面对现实。）

我吃下一碗猪肝粥。

我吃下一碗温暖。

那是一个精神病者的施舍，却使我有了重获失物的感觉。

翻开报纸，才知道这是赛马的日子，我是非常需要一点刺激的，然而刺激在香港也是一种奢侈品。

在港闻版，看到一则花边新闻：一个十七岁的女孩子，跟一个四十二岁的中年人发生了关系，她的父母很生气，将那个中年人抓入警局。女孩子对此大表不满，居然要走去报馆刊登启事，宣布脱离家庭。报馆当局见她尚未到达合法年龄，拒绝接受。

这个女孩子就是司马莉。

我叹了一口气，忽然想起猫王，扭腰舞，占姆士甸，莎冈的小说，西印度群岛的落日，雀巢发型，新世纪病，亚热带的气候……

将报纸往桌面一掷，点支烟，吸两口，又将长长的烟蒂揿熄在烟灰碟里。

稍过些时，我发现感情打了个死结，站在怡和街口。那是一个热闹的地方。即使是上午，一样挤满了来来往往的行人。汽车排成长龙，马迷们都想早些赶到快活谷。

我没有钱。

赶去丽丽家。丽丽刚起身，没有搽粉的面孔仍极妩媚。

——要多少？她问。

——三百。

她不再开口，站起身，走入卧房，拿了三百块钱给我。

马场的餐厅特别拥挤，找到空位后，发现邻座有一对熟悉的眼睛。

那是杨露。

在阳光的反映下，这头荒唐的小猫有着蛊毒似的妩媚。我喜欢她的笑容，因为它透露了青春的秘密。

——六点一刻，我在美施等你，她说。

——你的男伴呢？

——我当然有办法打发他的。

杨露向我讲述她自己的故事。

杨露有一个嗜赌的父亲。

杨露有一个患半身不遂症的母亲。

杨露有两个弟弟和两个妹妹。

杨露的父亲在赌台输去五百块钱，付不出，当场写了一张借据给别人，一直无法还清这笔债，只好听从包租婆的劝告，逼杨露下海做舞女。

杨露不会跳舞，走进跳舞学院去学。

杨露还没有学会慢四步，已经不是一个少女了。那个教跳舞的是个色鬼，在咖啡里放了些"西班牙苍蝇"之类的粉末，要杨露喝下。

杨露很气，但是生米已经煮成熟饭。当杨露学会华尔兹的时候，教跳舞的又在勾引别的女孩子了。

杨露下海时，并无花牌。

杨露年纪轻。许多上了年纪的舞客都喜欢从她身上找回失去的青春。

杨露赚了不少钱，但是完全没有积蓄。她的父亲比过去赌得更凶，天九、麻雀、跑马、十三张、沙蟹……没有一样不赌。杨露收入最好的时候，她的父亲到澳门去了。

杨露的母亲常常哭，说是自己运气不好，嫁了这样一个不中用的丈夫。

杨露的弟弟与妹妹也常常哭，说别人都有好的东西吃和好的东西玩，他们没有。

杨露不喜欢看母亲流泪，也不喜欢看弟弟与妹妹们流泪。因此，常常迟归。如果有年老的舞客想获得失去的青春，杨露是不会拒绝的。

杨露就是这样的一个舞女。从外表看，她不会超过十六岁，但是她有一颗苍老的心。

　　杨露也有欲望，也有要求。

　　杨露憎厌年轻男人，一若对老年人的憎厌。她喜欢中年人，喜欢像我这样的中年人。

　　杨露对我们第一次见面时的情景记得特别清楚。她记得我曾经对她说过的每一句话语。她说她喜欢听我讲话。

　　杨露向仆欧要了一杯拔兰地，而且要我也多喝几杯。看来，她是个很会喝酒的女孩子。

　　杨露要跟我斗酒。我当然不会拒绝。

　　杨露的酒量跟她的年龄很不相称。当她喝得越多时，她的笑声也越响。

　　杨露就是这样的一个舞女。

※

　　（杨露与司马莉，两个早熟的女孩子，我想。但是在本质上却有显著的不同。杨露是个被侮辱与被损害者，司马莉是个自暴自弃者。我可以憎厌司马莉，却不能不同情杨露。如果杨露企图将我当作报复的对象，我应该让她发泄一下。）

　　一杯。两杯。三杯。

　　眼睛是两块毛玻璃，欲望在玻璃后边蠕动。欲望似原子分裂，在无限大的空间跳扭腰舞。一只尚未透红的苹果，苦涩的酸味中含有百分之三的止渴剂。

（她的皮肤一定很白很嫩。我想。她不会超过十六岁，只是眼圈涂得太黑了。）

当她抽烟时，我仿佛看到了一幅猥亵的图画。我不知道这是故事的开始，抑或故事的结束。我心里边有一撮火，但是我害怕荒唐的小猫看出我的心事。

——再来两杯马推尔①。

眼睛变成两潭止水，忽然泛起漪涟。不知道那是喜悦，还是悲哀。

枯萎的花瓣，露水使它再度苗长。

一个战败的斗士，阳光孕育他的信心。冬夜的幻觉，出现于酒与元旦共跳圆舞曲时。她笑。我也笑了。然后我们在铜锣湾一家夜总会里欣赏喧嚣。

站在舞池里，这头荒唐的小猫竟说了许多大胆的话语。我不再想到她是一个还未超过十六岁的女孩子。

她是一条蛇。

我的手指犹如小偷一般在她身上窃取秘密。她很瘦，背脊骨高高凸起。

思想给鼓声击昏了，只有欲望在舞蹈。我贪婪地望着她，发现戴着花纸帽的圆面孔，具有浓厚的神话意味。

纯洁的微笑加上蛇的狡猾。

---

① 马推尔，也译作马爹利，法语 Martell 的音译。是法国知名的干邑白兰地品牌，1715 年由尚·马爹利（Jean Martell）创立。

我必须求取疑问的解答，结果又各自喝了一杯酒。当我们在一家公寓的房间里时，她将自己嘴里的香口胶吐在我的嘴里。她笑得很顽皮，但是我不再觉得她稚嫩了。我是一匹有思想的野兽，思想又极其混乱。在许许多多杂乱的思念中，一个思念忽然战胜了一切：我急于在一个十六岁的女孩子身上做一次英雄。

# 23

挂断电话，我开始撰写发刊词。关于这篇文章我想说的话很多，但是提笔时，又不知从何写起了。按照过去谈过的内容，这篇发刊词应该包括下列两要点：（一）对五四以来的文学成败作一不偏不倚的检讨；（二）以纯真的态度指出今后文艺工作者应该认清的文艺新方向。

在有限的篇幅中，企图用扼要而简明的文字来解答这两个课题，实行不是容易的事。我本来的意思是站在超然的立场，用"为艺术而艺术"的态度去检讨一下五四以来的作品，最低限度，也可以让年轻一代对几十年来文学工作者的努力能够获得一个清晰的概念。譬如说：在过去几十年中，我们也曾产生过像曹禺那样杰出的剧作家。他的《雷雨》《日出》《原野》，应该被认作五四以来最大的收获。此外，鲁迅的《阿Q正传》无疑是一个杰作，论评价，可以与海明威的《老人与海》相提并论。长篇小说方面，巴金的《激流》字数虽多，但不能算是了不起的作品，倒是李劼人的三部曲，注意的人不多，倒还有些东西可以看看。我们的新诗一直很幼稚，直到近几年，才出现了像痖弦这样的新锐诗人。至于短篇小说，沈从文是最大的功臣。由于他的耕耘，奇葩终于茁长于荒芜的园子里。散文方面，没有什么了不起的作品，直到今天，我们还在阅读朱自清的《背影》。

至于今后文艺工作者应该走什么路线，我认为，下列诸点是值得提出的：首先，必须指出写实主义不足以表现错综复杂的现代社会；其次，我们必须有系统地译介近代域外优秀作品，使有心从事文艺工作者得以洞晓世界文学的趋势；第三，主张作家采用新写实主义手法，探求内在真实，并描绘"自我"与客观世界的斗争；第四，鼓励任何具有独创性的、摒弃传统文体的、打破传统规则的新锐作品出现；第五，吸收传统的精髓，然后跳出传统；第六，在"取人之长"的原则下，接受并消化域外文学的果实，然后建立合乎现代要求而能保持中国作风中国气派的新文学。

这样的"转变"，旨在捕捉物象的内心。从某一种观点来看，探求内在真实不仅也是"写实"的，而且是真正的"写实"。

过去，文学家企图用文字去摹拟自然，所得到的效果，远不及摄影家所能做到的。今天，摄影之不能代替绘画，正因为现代绘画已放弃用油彩去摹拟自然了。

换一句话说：今后的文艺工作者，在表现时代思想与感情时，必须放弃表面描摹，进而作内心的探险。

最后，在提到《前卫文学》的选稿标准时，我写了这样的几句：我们不注重名，只看作品本身，如果作品具有独创性与挑战性，纵或是处女作，我们也乐于刊登。

《发刊词》写到这里，已有七张稿纸，虽未尽意，但是较之一般《发刊词》，已经算是长的了。

搁下笔，点上一支烟。将全文重读一遍，觉得很草率。于是打一个电话给荷门，请他宽限两天发排，俾我获得充分的时间去修改。荷门反对再拖，一定要我将稿子先发下，然后校小样时再改。

——晚上不出街？他问。

——现在已经是下午四点了，为了赶写《发刊词》，连中饭都没有吃。

——这样吧，你现在出来，我请你到松竹去吃东西，然后一同去印刷所，介绍工头跟你相识，并将《发刊词》发给他们。吃过东西后，我希望你回家去将格拉蒙的《我所知道的普鲁斯特》译出来。

——你把我当作一条牛了。

——从事文学工作的人，都需要牛的精神。

挂断电话，拨转身，发现雷老太太站在我的面前，手里端着一碗热气腾腾的莲子羹。她说：

——新民，你连中饭都没有吃，这是刚刚炖好的，先吃了再出街。

## 24

　　格拉蒙的《我所知道的普鲁斯特》乃是《格拉蒙回忆录》中间的一段，从未发表过，用法文撰写，由约翰·罗素译成英文，发表在《伦敦杂志》上。在这篇文章里，格拉蒙叙述他于一九〇一年第一次结识普鲁斯特的情景，同时回忆普鲁斯特病危时打给他的最后一次电话。此外，格拉蒙还提及他的妹妹伊莉莎白在一九二五年写的那本《孟德斯鸠与普鲁斯特》。这是一本重要的著述，它对前者给青年普鲁斯特的影响有非常精细的分析。

　　"普鲁斯特逝世后，"格拉蒙这样写，"他的著作变成很多新作家的灵感。许多作家，不乏著名之士，开始研究普鲁斯特，分析他的作品，及于最小的细节……"

　　普鲁斯特就是这样的一个巨人。《前卫文学》能够在创刊号译出这篇重要的回忆录，应该被视作一个非常适当的挑选。

　　此外，我还准备选译几封乔也斯的书简，配合在一起，可以让读者对二十世纪的两位文学巨人获得进一步的认识。

　　（如果本港的文艺工作者对撰写颂扬爱情的诗集之类的作家感到茫然的话，是绝对不会变成笑话的；但是作为本港的中国作家的"代表"就不能对"二十世纪最伟大的文学天才之一"詹姆士·乔也斯一无所知。——我想。）

（作家在革命时代的最大任务应该是表现时代，反映时代，刻划处于这一时代的人物的内心，并对精神世界作大胆的探险。时代与环境给予作家的责任，绝不是歌颂爱情。这里是一首刊于颂扬爱情的诗集封面上的代表作：

> 走去找那个女人对她说：
> 我要跟你生活在一起……
> 跪在她脚边因为她还年轻
> 而且漂亮。
> 不要抚摸她，当她的眼睛
> 望着你。
> ……
> 啊！她是年轻又极漂亮，她的手
> 在你发间，
> 现在不要怕她，哦现在好好地抚摸她！
> 她已接受你。

（如果有人询问此间文艺工作者对这样的"诗"，或者这样的诗人，有何意见时，即使茫然，也绝不是可耻的事情。——我想。）

（詹姆士·乔也斯被严肃的批评家一致公认为二十世纪最具影响力的杰出作家，是铁一般的事实，谁也无法加以否认。许多优秀的作家如浮琴妮亚·吴尔芙，如海明威，如福克纳，如帕索斯，如汤玛斯·吴尔夫等等，都在作品里接受他的影响。乔也斯在世界文学史上的地位，如果不比毕加索在世界绘画史上的地位更高，至少也应该被视作相等的。试问：一个参加国际性绘画会议的香港地区的中国代表，如果连毕加索的名字都没有听见过的话，岂不是天大的笑话？）

（假定那个国际性绘画会议讨论的主题第一项是："绘画中的传统与现代性"，而香港地区的中国"代表"们对毕加索又"多属茫然"，等到正式开会时，"代表"们又将发表些什么样的意见呢？）

（这是资格问题。）

（"代表"们是以代表香港这一地区去参加会议的。如果"代表"们在别国代表们面前出了丑，凡是香港居民皆有权提出抗议。"代表"们是代表香港这一地区的，"代表"们在国际场合中说错了话，等于香港全体居民说错了话。）

（假定这一次举行的是埠际足球赛，我们在遴选代表时，为了某种关系，故意不选姚卓然、黄志强、刘添、黄文伟等等球技卓绝的球员作为香港地区的代表，反而糊里糊涂选了一些专踢小型足球的人凑成一队，前往外地比赛，结果大败而归，丢尽了香港人的面子，那个领队人不但不准别人指出弊端，而且还沾沾自喜地说："除了我本人是领队外，其余诸位有的是积数十年经验的老球员，有的是练球甚勤的年轻朋友，总还不致像某些人所指摘的，是不踢球的球员。"）

（……唉！这些事情，不想也罢。香港是个商业社会，只有傻瓜才关心这种问题。我是傻瓜！我是傻瓜！我是傻瓜！）

客厅里的电话铃响了，我似梦初醒地走去接听。

是麦荷门打来的，问我格拉蒙那篇文章有没有译好。

我说：

——刚着手译了五百个字，就被一些问题侵扰得无法静下心来。

——明天排字房赶着要排的，我怕你又喝醉了，所以打个电话提醒你。

——我没有醉，不过，现在倒很想喝几杯了。现实实在太丑恶，我想暂时逃避一下。

——没有一个人能够逃避现实，除非死亡。我们还有更严肃的工作要做，你不能一开始就消极。

——今天晚上，我心绪很乱，无法再译稿了。

——不行，你必须将格拉蒙那篇文章译出来，明天拿去印刷所发排。

——我心绪很乱。

——这是严肃而且有积极意义的工作，必须控制自己，鼓起战斗精神来。

——我连生的意志也很薄弱了，哪里还鼓得起战斗精神？荷门，这个社会完全没有黑白是非。我们都是傻瓜！我们的《前卫文学》最多维持半年！荷门，我们的《前卫文学》最多只能维持半年，没有读者要读这样的杂志的！荷门，让我坦白告诉你，没有读者要读这样的杂志的！

荷门不作声。

很久很久，才听到他的问话：

——你怎么啦？

——我想喝酒。

——你不能喝！你必须认清自己的责任！

——我觉得……我觉得在此时此地办严肃的文艺杂志或者从事严肃的文艺创作，实在是一件愚蠢的事情！荷门，我灰心了！我劝你悬崖勒马，将五千块钱还给你母亲。我们自己甘愿做傻瓜，这是我们自己的事，可是绝不能利用你母亲的善良品性，让她老人家也变成傻瓜！荷门，《前卫文学》注定是一个短命的刊物，我劝你还是放弃这个念头吧！在香港，只有那些依靠绿背津贴①的刊物才站得住脚，但是"绿背"也有条件：必须贩卖古董！时代是进步的，但是冬烘们却硬

---

① 绿背津贴，即美元津贴。1861 年，美国国会立法授权财政部径发四点五亿元无铸币和黄金担保、不兑现的"即期票据"（Demand Notes），来筹措南北战争费用。为防止伪造，票据使用难以照相复制的绿色油墨，又因技术上的原因，其背面用了比正面深的绿色，故称为"绿背票"（Greenback）。时至今日，美元仍有此外号。

要别人跟着他们开倒车！

　　——正因为是如此，我们才必须将《前卫文学》办出来！

　　——不，不，我不愿意做傻瓜！我决定再写武侠小说了！如果一个人连生存的最低条件都不能解决时，哪里还谈得上什么理想？翻译五百字格拉蒙的文章，花费了两个多钟头；如果以两个钟头来写武侠，至少可以写成三千字了。武侠小说具有商业价格，售出了，可以使我继续生存下去，但是我们的杂志却是不付稿费的。

　　——你怎么啦？

　　——荷门，我很疲倦，想早些休息，有话明天再说。

　　挂断电话后，我匆匆下楼去买了一瓶拔兰地。

　　（这是一个苦闷的时代，我想。每一个有良知的知识分子都会产生窒息的感觉。）

## 25

我做了一个梦。

香港终于给复古派占领了所有爱好新文艺的人全部被关在集中营里接受训练

写新诗的人有罪了全被捆绑起来投入维多利亚海峡

从事抽象艺术的画家们有罪了全部吊死在弥敦道的大树上

《优力栖斯》变成禁书《往事追迹录》变成禁书《魔山》变成禁书《老人与海》变成禁书《声音与愤怒》变成禁书《地粮》变成禁书《奥兰多》变成禁书《伟大的盖茨贝》变成禁书《美国》变成禁书《士绅们》变成禁书《黑死病》变成禁书《儿子与情人们》变成禁书《堡垒》变成禁书《蜂窝》变成禁书……

没有人可以在谈话中提到乔也斯普鲁斯特汤玛斯曼海明威福克纳纪德浮琴妮亚吴尔芙费滋哲罗帕索斯西蒙地波芙亚加缪劳伦斯卡夫卡韦丝特……

违者判死刑

布鲁东的《超现实主义》变成违禁品

卢柴罗的《声音药术未来主义者的宣言》变成违禁品

柴拉①的《达达主义宣言》变成违禁品

爱特希密的《表现主义宣言》变成违禁品

马林纳蒂②的《未来主义宣言》变成违禁品

勃拉克③与毕加索倡导的《立体主义》也变成违禁品……

所有具有反叛性的文艺思潮全都变成违禁品

所有毕加索奇里诃米罗康定斯基厄斯特马蒂斯克利的画
（包括复制品）全部变成违禁品

所有蓝波肯敏斯阿保里奈尔波特莱尔庞德艾略特的诗作
全部变成违禁品

全香港的女人必须全体缠足违者处十年以上有期徒刑

全香港的男人必须全体留辫子违者处十五年以上有期
徒刑

不准穿西装

不准装电灯

不准看电视

不准听海菲兹小提琴独奏

不准看米罗或克利的绘画

学校取消外文与白话

---

① 柴拉今通译查拉。

② 马林纳蒂今通译马利内特。

③ 勃拉克今通译布拉克。

历史课本重新写过说五四运动的结果是章士钊领导的"复古派"获胜老百姓一律不准用白话文写作

我做了这样一个梦。

# 26

　　翻阅日报，并不一定想看什么。无意中看到一则电影院的广告，原来有一家头轮戏院正在上映《蝴蝶梦》。我曾经替莫雨写过一个《蝴蝶梦》的电影剧本，没有被采用，因此好奇心陡起，颇想看看莫雨编的剧本究竟比我高明多少。根据报上的广告，这戏是莫雨编导的。（莫雨是个当场记出身的导演，专靠抄袭好莱坞手法来欺骗国语片观众，写一封通顺的信都成问题，哪里有能力执笔写剧本？）有了这样的怀疑，我倒急于要看看这部电影了。

　　荷门打电话来，问我有没有将格拉蒙那篇文章译出。我坦白告诉他：

　　——昨夜又喝醉了。

　　——你不能这样自暴自弃！

　　——荷门，我们的《前卫文学》是没有前途的。读者要求读武侠小说与黄色文字，而我们偏偏要在这个时候办文学杂志。我们的固执不但不能开花结子，而且必将招致更大的失望。

　　——我知道。

——既然知道，何必一定要办？

——我不想赚钱，因为文学不是商品。

——唯其文学不是商品，所以一定会亏本。

——花五千块钱而能替中国文学保存一点元气的话，其价值，已经不是金钱所能衡量的了。所以，我劝你还是多做些有意义的工作，少喝些酒。明天上午，我希望你能够将这篇文章译出，送去印刷所。

挂断电话，内心陷入战争状态。我不知道应该做些什么。我可以少喝些酒。却不愿意多做些有意义的工作。心绪很乱，生活的担子早已压得我透不转气。为了生活，我有意撰写黄色文字。

现在，肚子饿得很。看看表：中午一点半。下楼，走过一间茶餐厅，向伙计要了一碟扬州炒饭。饭后，搭车去看《蝴蝶梦》。

出乎我意料之外，这部电影完全照我的剧本拍摄的，所有分场分镜，包括对白在内，都跟我写的一样。但是，我却一分钱的编剧费也没有拿到。

电影公司当局绝对不至于这样卑鄙，问题一定出在莫雨身上。

不付编剧费，还在其次；连片头都浑水摸鱼地写着"莫雨编导"，那就未免太过分了。

我与莫雨相识已有二十多年，彼此交往不密，但是对他的为人，倒也相当熟悉。以前，他不是这样卑鄙的；近年来，可能因为在电影圈混得太久，才变得如此狡狯。

在极度的愤恚中，我看完这部《蝴蝶梦》。走出电影院，再也无法遏止内心的激动。打了一个电话给莫雨，第一句便是：

——我刚刚看过《蝴蝶梦》。

——请指教，请指教，他说。

——我觉得剧本很成问题。

——很成问题？什么问题？

——这个剧本只有艺术价值，缺乏商业价格。

莫雨又笑了，笑得很勉强。

——老朋友何必说这样的话？

——难道你还肯将我当作朋友看待？

——我们是二十多年的老朋友了。

——好，现在，我有点困难想请你帮忙解决。

——没有问题，没有问题，只要我做得到，一定给你帮忙。

——直到现在为止，我没有找到工作，欠了别人一笔债，非还不可。

莫雨又顿了顿，问：

——要多少？

——三千。

——这个……这个数目，恐怕……

——怎么样。

——能不能稍为减少一点？最近我手头拮据，三千块钱不能算是一个小数目，恐怕一时很难凑得齐。

——三千块钱只是一个剧本的代价，哪里能算多？

莫雨又顿了一顿，说：

——好，好，我尽量想办法，过一天，我派人将钱送过来，你是不是还住在老地方？

——不，我搬了。

我将地址告诉他，挂断电话，走进邻近一家茶餐厅，要了一杯威士忌。

（这是一个人吃人的社会，我想。越是卑鄙无耻的人越是爬得高，只有那些忠于自己良知的人，将永远被压在社会底层，遭人践踏。）

当我喝下两杯酒之后，就想喝第三杯。（人的欲望是没有止境的。我必须控制自己。我现在的收入全靠《前卫文学》的薪水，其实，说是薪水，倒也像极了施舍。我不能将一个月的生活费用全部变成酒液喝下。）想到这里，心似火焚。我对《前卫文学》从未寄予任何希望，如今更不想继续搞下去了。（《前卫文学》是没有稿费这一项预算的，十分之三的稿件将由我自己执笔。替《前卫文学》写稿，所费推敲时间是无法估计的。有时候，可能在写字台前坐一天也写不成五百字。香港的文人都是聪明的。谁都不愿意做这种近似苦役的工作。我又何必这么傻呢？别人已经买洋楼坐汽车了，我还在半饥饿状态中从事严肃的文学工作。现在，连喝酒的钱都快没有了，继续这样下去，终有一天睡街边，吃西北风。我得马上想办法。我的武侠小说虽然写不过别人，但是黄色文字是不难写的，只要有胆量将男女性生活写出，一定可以叫座。这是捷径，我又何必如此固执？现实是残酷的，不转变，也许就不能继续生存。在别的地方，一个严肃的文艺工作者，只要能够写出一部像样的作品，立刻可以靠版税而获得安定生活了。但是，香港的情形就根本不是这么一回事。所谓"文艺创作"，如果高出了"学生园地"的水准，连代理商也必拒绝发行。于是有才气、有修养甚至有抱负的作家们，为了生活，无不竞写通俗小说了。纵然如此，稍为具有商业价格的通俗小说，也往往会遭受无耻的盗印商侵夺作者的权益。此间盗印商皆与代理商暗中联成一气。代理商要求什么，这里的盗印商就偷什么。盗印商也设有"编辑部"。雇一批第八流的无耻文人，专门进行偷窃工作。前一个时期，武侠小说在南洋一带非常畅销，作家们为了保障自己的权益，必须将写成的文稿先印成单行本运去南洋，然后再开始在香港报纸上连载。但是有能力自费刊印单行本的作者究竟不多，所以大部分作者仍旧无法保有自己应得的权益。其实，即使是有能力自费出版的作者也未必会获得什么好处。如果他的作品

166

销路不好，那么亏本的当然是他自己；反之，销路稍为过得去的，立刻就会发现翻版，作者们自以为已经想出聪明的办法来了，结果吃亏的还是自己。在香港、台湾地区，在星马以及其他东南亚地区，中国作家的权益是得不到保障的。唯其如此，作家们皆不肯从事辛艰的写作了。）

越想越烦，咬咬牙，向仆欧又要了一杯威士忌。

（现阶段的文艺工作者如果想保障自己的权益，有一个办法，虽然笨拙，倒是值得研究的。我认为一个新制度倘能获得大部分作者同意，将可置盗印商于死命。作者们联成一线，倾全力去建立读者向作者直接购书的制度。这样做，不但作者可以不让盗印商侵夺他的权益，而读者也不会遭受不必要的损失。通常，出版者将书籍由代理商推销，总以对折计算。如果读者肯直接向作者购书，就可以获得对折优待了。事实上，代理商根本不过是一座桥梁，他的工作只是将出版人的书籍放入市场。对于整个文化事业的推进而言，他的地位远不若作者与读者重要。但是，在目前这种情形之下，作者的权益给他剥削了，而读者的负担却平白无故地增加了一倍。如果读者肯直接向作者购书，则用一本书的代价就可以买到两本书了。况且，作者自费出版作品，版权费当可打得较低，原来定价一元的书，由作者自行印刊后，定价只需九毫，加上对折优待，读者付出四毫半就可以购得一本平时定价一元的书籍了。不过，在实行这个制度时，盗印商一样可以盗印作家的作品的，所以读者们为了想读便宜书，必须抵制采购翻版书，然后根据报上所刊广告的地址，直接写信给作家购买。这样一来，盗印商就无所用其计了，作者可借此保障自己的权益，读者可以减轻一半以上的经济负担，同时还不致购进印刷恶劣而错字百出的书籍。）

（这是一个对付盗印商，同时可以打倒"中间剥削"的办法。表面上，好像做得笨拙一点，实底子，对读者作者皆有利益。）

（如果全港的作家们肯联合起来，采取一致的行动，那么，这个不合理的"代理商制度"必可打倒！）

（如果读者肯不厌其烦的话，作家们就可以不必为了谋稻粱而浪费大部分精力去撰写通俗小说、武侠小说或者黄色文字了。）

（不过，这是一个原则，技术上的困难仍多。）

（读者必须帮助作者推翻"中间剥削"的制度，借以产生催生作用，让具有思想性的反映时代的作品能够早日问世。）

想到这里，我向仆欧要了一杯威士忌。我已喝了三杯酒，这是第四杯。

尽管心绪恶劣，也必须适可而止，我吩咐仆欧埋单，想回家去休息一下。回到家里，意外地发现麦荷门坐在客厅里。

——来多久了？我问。

——一个钟头左右。

——对不起，我不知道你会来的，我刚才出去看了一场电影。

——看电影？

——是的，看《蝴蝶梦》。

——这种电影有什么好看？格拉蒙的文章译好了没有？

——对不起，荷门，我……

没有等我将话完全说出，荷门就声色俱厉地：

——印刷所等着要排稿，你却走去看电影了！

——这部电影不同，这是我编……唉，何必再提？总之，这是一个人吃人的社会！

——只要你对自己有信心，别人是无法将你吃掉的。

我无意在荷门面前为自己分辩。他是一个有志向、有毅力而思想极其纯洁的青年，对于社会的丑恶面，并无深刻的认识。我虽然受了莫雨的欺骗，却无意让荷门分担我的愤恚。

用钥匙启开房门后，我引领荷门进入我的房门，格拉蒙的文章已译出五百字，依旧摊在台面。荷门一言不发，将稿纸拿起来，阅读一遍，脸上那股悻悒的神气消失了。

——译得很好，信达且雅，他说。

——谢谢你的赞美，不过……恕我坦白告诉你，我已不想继续译下去了。

——为什么？

——因为……

我没有勇气将心里边的话讲出来，低着头，痛苦地抽着香烟，麦荷门一再提出询问，要我说出中止译下去的原因。

——为什么？他加重语气问。

——我觉得我们这样做是很愚蠢的。

——这还用得着说吗？不过，没有傻瓜去阻止文学开倒车，中国还会有希望吗？

——用这样薄弱的力量去阻止文学开倒车，会产生效果？

——纵或是螳臂挡车，也应该在这个时候表现一点勇气。

——你知道我们的杂志绝不会久长？我问。

——是的，麦荷门答。

——那么，杂志关门后，我将依靠什么来维持生活？

——这是以后的事。

——如果现在不考虑的话，临到问题发生，岂不要坐以待毙？

——香港穷人虽多，但是饿死的事情倒从未听到过。再说，就算不办《前卫文学》，你也不一定有办法立刻找到工作。

——我打算写黄色文字。

——你是一个文艺工作者，怎么可以贩卖毒素？

——只有毒素才可以换取生存的条件！

——如果必须凭借散布文字毒素始可生存的话，那么生存就毫无意义了！

——人有活下去的义务。

——但是必须活得像一个人！

——像一个人？我现在连做鬼都没有资格了！

——你又喝醉了，这个问题，等你清醒时再谈！

说罢，悻悻然走了。毫无疑问，麦荷门已生气。我与麦荷门结识到现在，小小的争辩时常发生，像这样的吵嘴，却从未有过。我虽然喝了四杯酒，但是绝对没有醉。只有莫雨给我的刺激太深，使我激动得无法用理智去适应当前的现实环境。麦荷门对我期望之深，甚于我自己。然而为了生活，我必须反叛自己，同时拗违他的意愿。面前有两条路可走：一条是下最大的决心去编辑《前卫文学》，另一条是不理麦荷门的劝告，继续撰写通俗文字。

我不能作决定。

我有了一个失眠之夜。

第二天早晨，刚起身，雷老太太匆匆走来，说是外边有一个人找我。

是莫雨派人送来一封信。

信极简短，只有寥寥几个字："兹饬人奉上港币五十元整，即祈查收，至诚相助，并希赐复为感。"

我很生气。当即将五十元塞在另外一只信封里，附了这样两句："即使饿死，也不要你的施舍。"然后封好，交由来人带回去。

（在香港，友情是最不可靠的东西，我想。现实是残酷的，不能继续再做傻瓜。）

于是，决定撰写可以换稿费的文字。

将格拉蒙的文章塞入抽屉，我开始用故事新编的手法写黄色文字。题目是《潘金莲做包租婆》。计划中的故事梗要是：潘金莲死了父亲，到胶花厂去做女工，结果给工头胡须佬搅大肚子，心里十分焦急，要求胡须佬到婚姻注册处去登记，胡须佬送了一百块钱给她。她将钞票掷在地上，捉住胡须佬一阵揍打，打得正起劲，忽然来了一个中年妇人，拦住潘金莲不许她打胡须佬。金莲颇感诧异，一经询问，原来那人就是胡须佬的老婆。潘金莲一气，离开胶花厂，打算到别的地方去做工。但是香港是个人浮于事的地方，找工作谈何容易。没有办法，只好嫁给包租公矮冬瓜做老婆。矮冬瓜是个鳏夫，身材奇矮，一无所长，专靠收租度日。潘金莲无亲无眷，失业后，连一日三餐都成问题，既有矮冬瓜向她求婚，为了衣食，居然领首答应。婚后不久，矮冬瓜忽罹半身不遂症，躺在床上变成活死人，幸而有租可收，生活还不致发生问题。然而饱暖思淫欲，潘金莲不愁衣食后，长日无所事事，难免不生非分之想。于是，先向头房的小阿飞下手，然后又跟小阿飞的父亲到酒店去开房，然后又跟中间房的"糖水七"发生关系，然后又搭上了尾房的"大只佬"，然后又跟睡床位的看相人拉拉扯扯，然后……总之，只要是这一层楼的男人，全都有了性关系。……

这样的"小说"，不但毫无意义，抑且是有害的。

但是在香港，这样的"小说"最易换钱。

如果我能将潘金莲与各男房客间的性爱关系写得越透彻，读者一定越喜爱。

以时日来计算，只要读者有胃口，甚至连载十年八年也是可以的。

我准备以十分之九的字数去描述潘金莲与男房客间的性爱生活，写潘金莲如何淫荡，写她如何在床上勾引男人，写她如何使那几个男房客获得最大的满足……诸如此类，不必构思，不必布局，不必刻划人物，更不必制造气氛，只要每天描写床笫之事，就不愁骗不到稿费了。

这是一件轻而易举的事情。写红了，不但酒渴可以解除，而且还可以过相当舒服的日子。

我不能挨饿。

我不能不喝酒。

我不能因为缴不出房租而发愁。

从上午十一点开始，写到下午三时，我已经完成六千字了，重读一遍，觉得《潘金莲做包租婆》的开头，颇具商业价格。

有点饿，将稿子塞入口袋，先到邻近一家上海菜馆去吃一客四喜菜饭，然后到中环一家专刊黄色文字的报馆去找该报的编辑。

——你看看，能不能用？我说。

编辑姓李，名叫悟禅，专写黄色文字，六根未净，对于红尘丝毫没有悟出什么道理来。我与他相识已有年，平日极少来往。当我将十二张稿纸交给他时，他看了题目，脸上立刻出现惊诧的神情：

——你肯写这样的文章？

——谋稻粱。

我的回答是如此的直率，使他无法再提出第二个问题。他开始阅读内文，读了两张，就惊叫起来：

——写得很精彩！

——希望你肯帮我一次忙。

——哪里话？是你帮我们的忙！

——这样说来，你决定采用？

——后日见报。

——稿费方面？

——我们当然不能向他们大报看齐。你是一直在大报写稿的，所以也许会觉得少些。

——千字多少？

——八元。不过，我们每五天结算一次。换一句话，每期四十元。如果文章刊出，读者反应好，两个月后可以加到千字十元。

——好的，就这样吧。但是……

——还有什么问题？

——我想预支一百元稿费，不知道悟禅兄肯不肯通融一下？

——这倒使我有点为难了，因为我们报馆素不拖欠稿费，同时也从未有过预支稿费的先例。

——只此一次，帮帮忙。

李悟禅扁扁嘴，眼珠子转呀转的，仿佛在考虑一个重要的问题。很久很久，终于作了这样的决定：

——我私人先借一百元给你吧。

——这怎么好意思。

——我们是多年老友了。

说着，他取出白纸，要我写一张借据给他。

拿到钱，必须为自己庆祝一下。先是走进一家餐厅去喝几杯酒，然后在黑暗中捕捉杨露的青春。杨露要我请她吃晚饭，我说没有钱。杨露说她愿意请我吃，我说没有空。她生气了，愤怒之火在眼睛里燃烧。那是伪装的，我知道。反正黑暗已将羞惭淹没，接吻遂成为最好的对白。第二次，她要求与我共进晚餐，我答应了。她说她想尝一尝涮羊肉的味道，我们走进一家靠海的北方菜馆。选一个卡位，相对而坐。在灯光底下，我忽然有了一个奇怪的发现。我错了。我一直将她当作一种低等动物，其实她的感情却像藏在沙泥中的金子。她表示对蜡板的厌倦，渴望做一个家庭主妇。我不能给她任何鼓励，将话题转到别处。谈到猫王，她摇摇头。谈到薯仔舞，她摇摇头。谈到国语电影，她兴奋得犹如炉中的火焰。她喜欢眼睛大大的林黛，也喜欢发怒时的杜娟。

我向伙计要了两杯拔兰地，但是杨露忽然要喝伏特加。我无所谓，因此要了两杯伏特加。

——你看过木偶戏吗？我问。

——在电影里看过。

——木偶也会使观众流泪或发笑的，是不是？

——一点也不错。

——所以木偶也可以做明星。

——我不明白你的意思。

——如果木偶可以做明星的话，爱乐小姐更加可以了。你要知道，爱乐小姐是有血有肉的动物。

接着又是两杯伏特加。杨露酒量不算太坏。当我们走出菜馆时，她已有了七分醉意。我要送她返舞厅，她要我送她回家。

杨露住在湾仔区的一层木楼里，租的是尾房，母亲躺在床上，父亲出外赌钱，家里只剩下两个弟弟与两个妹妹。七个人住一间小板房，令人有罐头沙甸鱼的感觉。当我将杨露交给她母亲后，两个男孩子跟我下楼。

——先生，姐姐喝醉了？

——是的，你姐姐不大会喝酒。

——你为什么不带她到酒店去？

——我不明白你的意思。

——别人都说姐姐不是好人，谁有钱，谁就可以带她到酒店去开房。

——千万别这么讲！

——为什么？

——因为你姐姐是个好人。

——不，先生，她不是好人，大家都是这样讲的，谁有钱，谁就可以带她到酒店去开房。

——她是为了你们才去做舞女的。

——我们没有教她这样做。

——可是你们要吃饭，要读书。

——爸爸会赚钱给我们的。

——你爸爸整天在外边赌钱，哪里有钱替你们缴学费？

两个男孩子望着我，四只眼睛等于四个问号。我露了一个不大自然的笑容，径自走向电车站。

回到家里，麦荷门又在客厅里等我。夜渐深，他的来访使我感到惊诧。进入我的卧房，掩闭房门。

——等了多久？不去报馆上班？

没有直接回答我的问题，麦荷门从公事包里取出一封厚厚的信，是侨美戏剧家邹坤先生寄来的新作，一个独幕剧，以抗战时期中国某小城为背景，刻划一个老人因轰炸而引起的种种幻觉。

——写得不错，技巧是独创的，完全中国作风中国气派，合乎我们的要求。

这是麦荷门的见解。

但是，我没有从麦荷门手中将这篇稿子接过来。

——你不妨读一遍，麦荷门说。如果你认为可以放在创刊号里的话，最好明天一早就送去印刷所发排。

——我不想读。

——为什么？

——我已心灰意懒，今后决定不再从事严肃的文艺工作！老实说，处在我们的环境里，即使写出像《老人与海》那样的作品，又有谁欣赏？那些专门刮"绿背"的冬烘们正在提倡复古，而那些念洋书的年轻人，除了ABCD，连之乎者也都搅不清楚。至于那些将武侠小说当作《圣经》来阅读的伪知识分子，要他们静下心来阅读《老人与海》，恐怕送他们十块钱一个，也未必肯接受。荷门，我已经想通了。我不愿意将虚妄建筑在自己的痛苦上。如果来世可以做一个欧洲人或美洲人的话，我一定以毕生的精力从事严肃的文学工作。

——你又喝醉了？荷门问。

——不，我没有醉。我曾经喝过几杯，但是绝对没有醉。

麦荷门点上一支烟，一连抽了好几口。很久，很久，才用冷静的口气说：

——每一个作家都希望获得他人的认知，但是他人的认知并不是必需的。你自己曾经对我说过：乔也斯生前受尽了别人的曲解与侮辱，可是他仍不气馁。我们的工作注定要失败的；不过，我们必须将希望寄存于百年后的读者身上。如果我们今天的努力能够获得百年后的认知，那么今天所受的痛苦与曲解，又算得了什么？

——现实太残酷了，我不能生存在幻梦中。

——记得你自己讲过的话吗？普鲁斯特患了哮喘病，将自己关在一间密不通风的卧室里达十年之久，结果写成了伟大的《往事追迹录》。

——荷门，请你不要跟我讲这些话！为了改善自己的生活，我决定撰写黄色文字了！这书架上的几百本文学名著，都是我直接向外国订购来的。如果你有兴趣阅读的话，全部送给你。

荷门用沉默表示抗议。

我没有勇气看他脸上的痛苦表情，挪步走向窗边，面对窗外的黑夜，说：

——今天我写了六千字故事新编，很黄，拿去中环一家报馆，立刻预支了一百块钱稿费。

——为了一百块钱，竟将自己的理想也出卖了？

——我要活下去，同时还想活得聪明些。

——不愿意再做傻事？

——是的。

——那么，《前卫文学》的编辑工作呢？

我坦白告诉他：我不愿意担任《前卫文学》的编辑工作了，理由是：我对文学已不再发生兴趣。麦荷门失望之极，不断抽烟。

沉默，难堪的沉默。这不是什么巨大的悲恸，不过对荷门而言，倒是一次意外的打击。一切原已计划得十分周到，临到最后，出击又欲后退。荷门无话可说，叹口气，将邹坤的独幕剧塞入口袋，走了。

然后我发现自己的视线突呈模糊。

## 27

我醉了。

（拔兰地。威士忌。占酒。新春燃放爆竹必须小心。分层出售分期付款。双层巴士正式行驶。一株桃花索价千五元。年关追债。柯富达试"明辉"三段。①）

（排长龙兑辅币。有钱能使鬼推磨。没有钱的人变成鬼。有了钱的鬼忽然变成人。这是人吃人的社会。这是鬼吃人的社会。这是鬼吃鬼的社会。）

（一家八口一张床。苏丝杨的爱犬专吃牛骨粉。大牌档出售叉烧饭。手指舞厅的阿飞们有福了。瓶颈地带是死亡弯角。添丁发财。大龙凤上演《彩凤荣华双拜相》。投资满天下的威廉荷顿。新春大吉。孩子们在惊惶中追求快乐。恭贺新禧。有人炸油角。有人写挥春。有人放鞭炮。有人在黑暗中拭泪水。）

（电视放映《冰哥罗士比歌剧集》。）

（香港陷于文化黑暗期。忽然看到了马蒂斯的《裸女》。

---

① 这是作者照录的报纸标题。

台湾的盗印商必须坐监。香港的盗印商必须驱逐出境。盗印商是毒虫。为确保文化幼苗的茁壮，当局应该拿出办法来。何必这样认真？反正从事严肃文艺工作的人已经越来越少了。也许一百年后，政府会尊重作家们的著作权的。唉！今天活在这个世界上的人，一百年后可能全部不存在。）

（人家有太空人，我们有羿。人家有《老人与海》，我们有《江湖奇侠传》。人家有《超现实主义宣言》，我们的武侠小说也是超现实的。）

（英国每年出版一万四千部新书。）

（文字的手淫。手指舞厅的经验。到处是笑声。小孩子将父亲当掉手表所得的钱燃放爆竹。）

我醉了。

## 28

好几天，荷门没有来找我。我曾经打过电话给他，不在家。我的《潘金莲做包租婆》刊出后，相当叫座。有一家销纸正在泻跌中的报纸，派人来跟我接洽，说是最近计划改版，希望我能够替他们编写一个类似《潘金莲做包租婆》那样的故事新编。对于这个发展，我当然不会引以为荣；不过，看在钱的分上，也多少有点喜悦。写这一类的文字，完全是制造商品。凡商品，必具价格。于是我问他：

——稿费怎样计算？

他堆上一脸阿谀的笑容，然后用近似歉意的口吻答：

——我们是亏本的报纸，出不起大价钱，稿费暂时只能出千字十元，等这次改版后，如果读者反应好，就加为千字十二元。

这是相当公道的价钱，我答应了。来人问我：

——能不能明天开始发稿。

——可以的。

——题材呢？

——你们希望我写些什么？

——我们只有一个原则：越黄越好，希望能够在可能范围以内不抵触法令。

——这是不容易做到的。

——我们明白，我们明白，总之，稍为技巧一点，描写动作的时候，不要过火。

我不再说什么。那人当即从公事包里取出一张百元的钞票，笑眯眯地说：

——这是社长吩咐的，不足言酬，聊表敬意耳。

我接过钞票。他走了，临出门，还重复说了一句：

——明天我派人来取稿。

——好的。

他走后，我立即将自己关在房内。坐在写字台前，取出钢笔与稿纸，准备写一个新的故事新编。

（写什么呢？我想。旧小说里淫妇并不少，《杀子报》的方山民的妻子，《芙蓉洞》的慧音，《蝴蝶梦》的田氏……都是坏女人，随便挑一个来写，不愁没有文章可做。但是方妻、慧音甚至田氏，都不是一般人所熟知的，要写得叫座，必须选一个像潘金莲这样的名女人。……刁刘氏的故事是妇孺皆知的，选她作为故事新编的中心人物，必受欢迎。）

决定写刁刘氏。

题目是：《刁刘氏的世界》。写刁刘氏因性饥渴而走去湾仔一家酒吧当国际肚腩。别人为了生活而走国际路线，但是

184

刁刘氏的目的只求某方面的满足。这样一来，文章就有得做了，尽量渲染刁刘氏与一个水兵之间的性行为，说她艳名四播，成为"酒吧皇后"，任何一条兵舰开到时，刁刘氏一定生意最忙。

这是害人的东西。

为了生活，不能不写。

我喝下两杯酒，以三个钟头的时间写下五千字。然后穿上衣服，到外边去吃一餐丰富的晚餐，同时还喝了几杯酒。

我的感情很混乱。

有时候，想到自己可以凭借黄色小说获得生活的保障时，获得了安全感。

有时候，重读报纸刊登出来的《潘金莲做包租婆》与《刁刘氏的世界》，难免不接受良知上的谴责。

（谁能了解我呢？我想。我连自己都不能了解自己。一个文艺爱好者忽然放弃了严肃的文艺工作去撰写黄色文字，等于一个良家妇女忽然背弃道德观念到外边去做了一件不可告人的事情。）

（谁能了解我呢？我想。现实是残酷的。没有钱缴房租，就得睡街边；没有钱买东西吃，就得饿死。有些作家为了生活去教书，去当白领阶级，去摆旧书摊，去做舞女大班，去编报……都不成问题，唯独一个文艺爱好者就不能依靠通俗文字来养活自己。）

（写过通俗文字的作者，将永远被摒弃在文学之门外！）

（写过通俗文字的作者，等于少女失足，永远洗涮不掉这个污点！）

（于是那些专写"我已度过十八春"的"作家"们，那些专写"蔚蓝的天空"的"作家"们，那些专写"我的一切的一切全是属于你的"的"作家"们，那些专写"昨天晚上我又在梦中见到你"的"作家"们……就神气活现地将"文学"据为己有了，摆出暴发户的面孔，趾高气扬，认定别人的努力尽属浪费。）

（其实，香港几时有过脱俗的文学作品？那些"青年园地"式的杂志上尽是一些俗不可耐的新八股，新诗与时代曲无法区别，小说连文字都不通，而散文永远是"流浪儿"或"我的老师"那一套。至于所谓"文艺理论"……唉！不想也罢。）

（我应该喝点酒了。）

走去大会堂，在酒吧喝了两杯拔兰地之后，打一个电话给麦荷门：

——有兴致来喝酒吗？我问。

——没有空。

——你在忙什么？

——编《前卫文学》。

——还没有放弃那个念头？

——我愿意继续做傻瓜！

"答"的一声，电话收线。废然回座，点上一支烟。烟圈含有酒精味，在空间游弋，谲幻多变，不能把握。前面有一对年轻的欧洲人，默默相对，互不交谈。（眼睛是爱情的语言，我想。）整个大会堂弥漫着浓馥的洋葱味，广告牌前一群番书仔突然发出格格的笑声。音乐厅有来自欧洲的舞蹈表演，绅士淑女们在大会堂里冒充艺术欣赏家。我是需要一点热闹气氛的，因此又要了一杯拔兰地。到处都是烟霭，笑声在烟霭中捉迷藏。可怕的笑声，并不代表喜悦。感情似雨，在梦魇中变成疯狂的杰作。得不到七六三分之八的快乐，只有酒是美好的。于是，面前出现一对熟悉的眼睛。

——很久不见你，张丽丽说。

张丽丽披着灰鼠的披肩，脸上搽着太浓的脂粉，一块白，一块红，犹如舞台上的花旦。

——一个人？我问。

——不，我是跟我的丈夫一同来的。

——你结婚了？

——嗯。

——你的丈夫在什么地方？

她伸手一指，不远处站着一个肥胖得近乎臃肿的中年男人，有点面善，好像曾经见过的。

——很面熟。

——是的，你见过。他就是那个纱厂老板。

——曾经雇用歹徒将我打伤的那个纱厂的老板？

——正是他。

——你跟他结婚？

——是的。

——为什么？为什么要嫁给他？

——理由很简单，他有钱。

（钱是一切的主宰。我想。钱是魔鬼。它的力量比神还大——尤其是在香港这种社会里。）

丽丽走进音乐厅之后，我又向仆欧要了一杯拔兰地。

喝了一杯，又一杯。……然后我知道我必须回家了。离开大会堂，竟在黑暗中摸索杨露的胸脯，杨露笑声格格，犹如风吹檐铃。猎人有了野心，却在瘴气弥漫的丛林中迷失路途。用金钱购买爱情。用爱情赚取金钱。这纯粹是一项交易，但又不像买卖。我怕与杨露相处，为的是怕我自己不能控制自己。

感情尚未瘫痪，玫瑰遭受五指的侵略。那个出卖爱情的人，也有了很复杂的心情。

朱唇与钻石似的眸子。

多少男性的傲慢被她的眸子征服过？谁知道那樱桃小嘴竟有鲸吞的食量？

——我已爱上你了，她说。

这是包着糖衣的谎言。我倒愿意用自己的愚骏去解释。我承认生命永远被一种不可知的力量操纵着。

在杨露的眼光中，我是贮藏室里的梯子。

在杨露面前，我是英雄。

黑暗似肥料，将欲念孕育成熟。现在是冬天，最好用长刀切一片春之温暖。

用热情交换她的奉献。用嘴唇印着她的嘴唇。把她当作妓女，我是英雄；把她当作爱人，我渺小得可怜。

我是两个动物：一个是我，一个是兽。

杨露听过史特拉汶斯基①的《火鸟》吗？杨露看过米罗的《月下之女人与鸟》吗？杨露读过布鲁东的《小樱桃树对着野兔》吗？

爱情是没有界限的。

河水流入大海。候鸟总喜觅伴以南飞。顽皮的儿童常去山中撷取野花，插在餐桌的瓶中。

爱情是没有界限的。

一棵树的倔强敌不过流水的悠悠。幽灵在黑暗中被自己恐吓了。神秘的航程，连夜月也照不到心灵的舞蹈。

爱情是没有界限的。

---

① 史特拉汶斯基今通译斯特拉文斯基。

二胡可以与提琴合奏，但上帝的安排总是这样的巧妙。福楼拜与乔也斯无法会面，蝴蝶嘲笑蚱蜢不能高飞。

爱情是没有界限的。

鸳鸯座就是两性所需要的天地。黑暗变成最可爱的光芒，虽然黑暗并非光芒。

爱情是没有界限的。

杨露用舌尖代表千言万语，一切皆极荒诞，又颇合情理。

——我们出去吃消夜？她问。

杨露是一个可爱的女人，虽然像巴士一样，人人皆可搭乘，但是依旧是可爱的。

吃消夜时，我的心，变成不设防城市。杨露用笑与媚态进攻，我在投降之前只会喝酒。

世界等于一只巨大的万花筒，转过来，转过去，皆有不同的零乱。

历史的点与线。杨露脸上的1234。月亮只有一种颜色。酒与清水并无分别。

（杨露像头猫，我想。我是猫的欣赏者。人与猫可以结婚吗？回答必定是：人与狗是不能结婚的。猫很狡狯。狗却比较老实。但是大家都讨厌狗。好在杨露像头猫。而我是猫的欣赏者。）

思想乱极了，一若岩石罅隙中的野草。

思想乱极了，一若漏网之鱼。

思想乱极了，一若繁星。

我完全不知道我在做些什么。我只知道我手里握着一杯酒。然后，酒杯突然消失。我见到一个门。

门。万欲之入口。疯狂的原料。人类生命线的持续。

电灯扭熄时，黑暗成为一切的主宰。

# 29

又有两家报馆派人走来跟我接洽，要我为他们撰写《潘金莲做包租婆》以及《刁刘氏的世界》之类的黄色故事新编。我不想过分虐待自己，只好婉辞拒绝，但是他们将稿费提高到千字十五元，还讲了不少好话。

我的自尊已恢复，然而又极悲哀，我从十四岁开始从事严肃的文艺工作，编过纯文艺副刊，编过文艺丛书，又搞过颇具规模的出版社，出了一些五四以来的最优秀的文学作品。如今，来到香港后，为了生活，只好将二三十年来的努力全部放弃，开始用黄色文字去赚取骄傲。

我的内心充满了矛盾，感情极其复杂。一方面因为生活渐趋安定而庆幸，一方面却因强自放弃对文学的爱好而悲哀。

写黄色文字是毋需动什么脑筋的，不过，兴趣不在这上面，也就变成一种负担。

过年时，麦荷门没有跟我见面。现在，我接到旅居法国的一位老作家的来稿，不得不亲自到麦家去找一次荷门。

这是一篇论文，以一位中国小说作者的立场研究"反小说派"的理论，写得非常精彩，实为近年难得之佳构。

麦荷门见到我，眼光里充满了敌意。我知道我们之间已隔着一道感情上的铁丝网，暂时无法撤除。我将那位老作家撰的论文交给他，加上这么几句：

　　——这是一篇有精辟见解的论文，对沙洛特、都亚丝①诸人的"反小说派"作品加以审慎的批判。作者认为"反小说派"的主张写出人类的内在真实，应该被视作极有价值的观点。不过，在表现手法上，譬如主要人物没有姓名，用几何学的名称去描写风景等等，似乎仍在实验阶段。纵然如此，他们的"革命"也不是完全独立的。我们仍可从他们的作品中找到乔也斯、纪德、福克纳，甚至沙特的影子。

　　说完这番话，将稿子递与麦荷门，荷门看见题目，又翻了一下，然后将稿件放在茶几上。

　　耐不住难堪的噤默，我问：

　　——创刊号的稿件该发齐了吧？

　　——还差一两篇结实的论文，你现在拿来的这一篇，正是杂志最需要的。

　　——内容方面是否能够维持一定的水准？

　　——创作部分比较弱一些，几个短篇小说全不够理想。

　　——好的小说可遇不可求，只要不患"文艺幼稚病"，就可以产生一点作用了。

---

　　①　沙洛特今通译萨洛特，都亚丝今通译杜拉斯。

麦荷门似乎对《前卫文学》已不像先前那么起劲，说话时，口气冷得像冰。

（我应该走了，我想。）正欲告辞时，他提出这样一个询问：

——听别人说，你最近替四家报纸写黄色文字，有没有这回事？

——有的。

——这是害人的工作。

——我知道。

——既然知道，为什么还要写？

——为了生活。

——恐怕是为了满足自己的物质欲吧？

我叹口气，无意置辩。事实上，如果麦荷门不能了解我的话，那就不会有人了解我了。香港这个社会的特殊性，非身受其苦者很难体会得到。在这里，有修养有才气的文人为了生活十九都在撰写通俗文字，但是荷门却不肯体谅我的苦衷。我还能说些什么？除了叹息。

离开麦家，感情在流血。（也许酒是治疗创伤的特效药，我想。）我走进一家酒楼。

有一出悲剧在我心中搬演，主角是我自己。

上帝的安排永远不会错。

年轻的女人必虚荣。美丽的女人必虚荣。贫穷的女人必虚荣。富有的女人更虚荣。

但是上帝要每一个男人具有野心。

丑恶的男人有野心。英俊的男人有野心。贫穷的男人有野心。富有的男人更有野心。

我已失去野心。对于我，野心等于残烛，只需破纸窗外吹进一丝微风，就可以将它吹熄了。

一个没有野心的男人，必会失去所有的凭借，我必须继续饮酒，同时找一些虚伪的爱情来，当它是真的。

我到中环去送稿，有意喝些酒，结果走进了一家西书店。我对文学已灰心；但是我竟走进一家西书店。企鹅丛书出了很多文学名著。像格拉夫斯的《我·克劳迪亚》，V. 吴尔芙的《前往灯塔》①，汤玛斯曼的《魔山》，乔也斯的《杜柏林人》，莫拉维亚的《罗马故事》，纳布科夫的《短篇小说集》等等，都很便宜，三四块钱就可以买一本。此外，新书也不少，其中不乏佳作，特别是格兰斯登的《福斯特》与贝尔的《福斯特的成就》，对这位《过印度》的作者有极精辟的分析。

一个女人如果看中了心爱的衣料，只要手袋里有足够的钱，一定会将它买下的。

一个文学爱好者如果看了心爱的书，只要口袋里有足够的钱，一定会将它买来的。

---

① 《前往灯塔》今通译《到灯塔去》。

《福斯特》与《福斯特的成就》定价不算贵，前者仅五元港币，后者稍贵，亦不过二十五元。

然而我没有买。

走出书店，我忽然感到一种剧斗后的疲倦。魔鬼与天使在我心房中决战，结果魔鬼获得胜利。然后，在一盏橙色的灯饰下，我向仆欧要了一杯威士忌。

（如果别人不能原谅我的话，我不能不原谅自己。）

今后必须将书店视作禁地，家里所有的文艺书籍全部送给麦荷门。如果麦荷门不要的话，称斤卖给旧书店。

我必须痛下决心，与文艺一刀两断。将写作视作一种职业，将自己看成一架写稿机。

这是没有什么不好的。最低限度，我不必再愁缴不出房租，更不必愁没有钱买酒。——虽然我已无法认识人生的价值与意义。

我变成一条寄生虫。

# 30

　　《前卫文学》创刊号出版了。麦荷门寄了一本给我。封面没有画，只有《前卫文学》四个大字，另外右角用黑油墨印一个阿拉伯"1"字，大大方方，倒也相当美观。除此之外，内容方面与我最初拟定的计划差不多。发刊词依旧用我写的那一篇，一个字都没有改动。对于我，这当然是一件值得引以自傲的事。至于译文方面，也能依照我拟定的计划，选了几篇第一流的作品。创作最弱，除了一个独幕剧与那篇研究"反小说派"的论文，其他都不是突出的作品。几个短篇创作，虽比时下一般"学生园地"式的短篇小说稍为高一些，可是距离最初的要求仍远。这个问题，并不在于麦荷门的欣赏水准较低，而是商业社会使那些有才气有修养的作家们将精力集中于其他方面，不再有空闲或者兴趣撰写文学作品。此外，荷门年纪还轻，结交的朋友不多，他不知道香港除了那些患着"文艺幼稚病"的"作家"之外，还有谁能够写出像样的作品来。其实，香港有几位极有希望的作家，为了生活，已被迫投笔改就他业。譬如说，有一位姓李的朋友，早几年曾经写了一些相当出色的短篇小说，得不到鼓励，加上生活的重负，一度改写流行小说，最后索性放弃对文学的爱好，到学校去当教书匠了。另外还有一个有抱负而学识相当丰富的朋友，为了不满这个不合理的社会，竟以难民身份走到美国去谋生了。还有一位曾经以极其严肃的态度将纪德的《德秀斯》译成中文后，为了生活，跑到南洋一家电台去当翻译员了。……这些都是有过表现的文艺工作者，但是现实是残酷的，他们不得不放弃对文学的爱好。麦荷门不认识他们，更无法怂恿他们为《前卫文学》执笔。麦荷门找来的几篇创作，都是肤浅的写实主义作品，毫无特出之处，只能算是聊备一格。纵然如此，这本《前卫文学》依旧是目前香港最有分量的文学杂志。我钦佩麦荷门的毅力，同时也感到了惭愧。当我一口气将《前卫文学》读完后，我必须承认对文学的热诚仍未完全消失。我之所以不再阅读文学作品，只是一种自己骗自己的行为罢了。事实上，我依旧无法抗拒文学的磁力。我的看法，《前卫文学》的水准还不够高，不过，以香港一般文艺刊物来说，它已经太高了。

如果《前卫文学》不能维持一定水准，它将完全失去存在的意义。

麦荷门不惜以他母亲的积蓄作孤注一掷，为的是想替中国新文学保存一点元气；但是切合要求的创作不易求，更因为是定期刊物，到了发稿的时候，找不到佳作，只好随便约几篇急就章充数。这样一来，内容贫乏，必将成为雅俗俱不能接受的刊物。

我很替麦荷门担心。

麦荷门的五千块钱迟早要赔光的。问题是：这五千块钱必须赔得有价值。

《前卫文学》创刊号虽然与理想仍然有相当距离，但译文方面的选择，显然是明智的。不过，今后单靠他一个人的力量，相信连这个水平也不一定能够维持。

我想约荷门见一次面。

但是我没有勇气打电话给他。

荷门是个有个性的年轻人。他可以接受失败，却未必愿意接受一个撰写通俗文字者的援助。再说，我一天要写四家报纸的连载小说，哪里还有时间帮他的忙？

我叹口气，将那本《前卫文学》往字纸篓一掷，抽支烟，又斟了半杯酒。坐在写字台前，提起笔，开始撰写《潘金莲做包租婆》的续稿。

酒与黄色文字皆能产生逃避作用。没有勇气面对现实的人，酒与黄色文字是多少有些用处的。

忽然有人轻叩房门，拉开一看，原来是雷老太太。她说：

——有人打电话给你。

走去电话机旁边，拿起听筒，竟是麦荷门。

——寄给你的创刊号，有没有收到？他问。

——收到了。

——怎么样？希望你能给我一些忠实的批评。

——我钦佩你的勇气与毅力。

——除了勇气与毅力之外，内容方面，你觉得怎样？

——很好，每一篇都够水准。

这是违心之论，连麦荷门也听得出来。麦荷门是朋友中最真挚的一个，然而我竟对他说了假话。事实上，要是麦荷门并不尊重我的意见，他也不会打电话给我的。我不能太自卑。虽然大部分同文已经将我视作武侠与黄色小说的作者，然而麦荷门是绝不会这样想的。最低限度，他还希望能够听到我的意见。但是，我竟这样虚伪，没有将心里想说的话坦白讲出。

——创作部分怎么样？麦荷门问。

——虽然弱了一点，也还过得去。

——我希望你能够给我一些坦白的意见。

——几个短篇都是写实的，手法陈旧了。今天的小说家应该探求内在真实，并不是自然的临摹。塞尚曾经在左拉面前坦白指出临摹自然的无用，认为艺术家应该设法去表现自然。

——我知道，我知道；可是此时此地的小说家肯继续从事文艺工作的已经不多，哪里还能够要求他们去探求内在真实！

——这也是实情。

——所以，我只能将译文的水准尽量提高，希望借此促请文艺工作者的觉醒。

——创刊号的译文部分相当不错。

——第二期即将发排了，我知道你忙，不能请你替《前卫文学》译些东西，不过，你读书甚多，提供一些材料，应该是没有问题的。

——最近我完全没有读文学书。

麦荷门"哦"了一声，将电话挂断了。回入卧房，坐在书桌前，继续进行文字的手淫。

然而一个字也写不出。

做一个职业作家，也并不如一般人想象的那么舒服。当你心绪恶劣的时候，你仍须强迫自己去写。

幸而这种东西全无思想性，只要将一些性行为不太露骨地描写出来，就可以换取读者的叫好了。

（香港真是一个怪地方，艺术性越高的作品，越不容易找到发表的地方；相反地，那些含有毒素的武侠小说与黄色小说却变成了你争我夺的对象。）

（香港真是一个怪地方，不付稿费的杂志，像过去的《文艺新潮》，像过去的《热风》，都常有第一流的作品刊出；但是那些依靠绿背津贴的杂志，虽然稿费高达千字四十元，但是刊出的东西常常连文字都不通，更遑论作品本身的思想性与艺术性。）

（香港真是一个怪地方，价值越高的杂志，寿命越短，反之，那些专刊哥哥妹妹之类的消闲杂志，以及那些有彩色封面而内容贫乏到极点的刊物，却能赚大钱。）

《前卫文学》注定是短命的。如果出了几期就停刊的话，绝不会使人感到惊奇。事实上，麦荷门自己也知道这本杂志不会久长，不过，他有他的想法，认定星星之火可以燎原，即使力量薄弱，只要能将水准真正地提高起来，将来究竟会结成什么样的花果，那是谁也无法逆料的。这个想法并不坏。问题是：由于佳作难求，不能使刊物经常保持一定的水平，那么钱财与精力就等于白费了。

这是值得担忧的。

我甚至有了放弃撰写通俗小说的念头，集中精力去帮助麦荷门编辑《前卫文学》。

然而拿不出勇气。

文学不是米饭。"文穷而后工"是一句不切实际的风凉话。处在今天的现实社会中，愿意做傻瓜的还有，愿意为文学而死的人恐怕不会有了。

我陷于极大的困扰，不能用情感去辩护理智，更不能用理智去解释情感。

我又喝了半瓶酒。

# 31

　　气候仍冷，温度很低，北风似猫叫，骑楼上的花朵在风中摇曳不已。花瓣有太多的皱纹，犹如雷老太太的脸皮。雷老太太又端了一碗莲子羹给我，那莲子炖得很酥。我已有了几分醉意，仍想出去走走。然后耳边出现了浪潮般的喧哗，二十一个球员在绿茵场上角逐。不知道是"南华"对"巴士"抑或"光华"对"愉园"①？那穿着红衫的一队似乎特别骄傲，然而这骄傲却又那么柔弱无力。（人类是好斗的，我想。人类的基本爱好原是极其残忍的。）这是残酷的场面，观众喜欢观看球员怎样受伤。离开球场，我站在一家唱片公司门口听卓比戚加②歌声。世纪末的声音，卓比是个严重的"世纪病"患者。然后打一个电话给杨露，约她到钻石酒家去吃晚饭。杨露没有空。杨露有太多的舞客。我心里忽然起了一种不可言状的感觉，说是妒忌，倒也有点像悲哀。（我会爱上杨

---

　①　光华、愉园，指分属光华体育会和愉园体育会的两支足球队。

　②　卓比戚加，又译恰比·切克（Chubby Checker，1941—　）美国歌手、演员。1960 年凭一曲 *The Twist* 带起 Twist Dance 风潮，赢得"扭腰舞王"之誉。曾获第四届格莱美奖，出演过多部电影。*The Twist* 后来广泛荡漾在表现六七十年代故事的电影中。

露吗？不会的。）但是我的脑子里常常出现她的微笑。（她不是一个坏女人，我想。虽然她有太多的舞客，可是她绝对不是一个坏女人。）这样想时，更加渴望要见她了。（没有空，必定另有约会。我不能允许她另有约会，因为我喜欢她。）我笑了，笑自己的想法太幼稚。（杨露是一个舞女，我能阻止她跟别的舞客约会吗？除非我有勇气跟她结婚，然而结婚不能单靠勇气。）我又笑了，笑自己的想法太幼稚。

当我喝了酒之后，不论多少，甚至一滴之饮，也会产生一些古古怪怪的念头。于是乘坐的士。在黑暗中寻找杨露的嘴唇。我要她跟我去钻石吃饭，她用银铃的笑声拒绝我。我内心燃起怒火，将钞票掷在她身上，愤然离去。沿着海边漫步，怒火给海风吹熄。在铜锣湾遇到一个年轻朋友，一把捉住我，拉我去丽思吃牛柳。他说他喜欢吃牛柳。他说他喜欢嗜吃牛柳的朋友。然后他说他与了一本四毫小说，很叫座，给一家电影公司将电影摄制权买去了，不久的将来就可以搬上银幕。

——你知道他们给我多少钱？他问。

——不知道。

——他们给我五百。

——听说电影公司的故事费规定是五百。

——不，不，电影公司购买四毫小说的电影摄制权从未超过三百。

——这样说起来，你是一个例外了。

——我是例外的例外。

——什么意思？

——公司方面还要我现身说法，在片中担任一个不十分重要的角色。

——你会讲国语？

——片子里的那个角色并无对白。

——哦。

——外国电影常有原著者亲自上银幕的镜头，譬如《三部曲》里的毛姆。

——如此说来，这也算是一种进步了？

——当然！

他向伙计要了两客牛柳，又向伙计要了两杯拔兰地。他不是一个喜欢喝酒的人，但是他知道我喜欢。他在这个时候喝酒，当然是因为太兴奋的缘故。他的兴奋犹如一撮火，加上酒之后，越烧越旺。

——老实说，国语电影需要改进的地方还多着。你看，人家日本人拍一套《罗生门》，就得让好莱坞的大导演们学习他们的手法了。

——是的，战后日本电影和意大利的 Limited Production 一样，也有惊人的成就。不过，我们的国语片想争取国际市场的话，首先不能从四毫小说中找材料。

我的话语，犹如一把剑，刺伤了他的感情。他怔住了，眼睛瞪得比桂圆还大。对于他，我的话语等于一桶水，将他的兴奋浇熄了。

　　为了掩饰心情的狼狈，他露了一个尴尬的微笑，说我太喜欢开玩笑。然后举杯祝我健康，我喝了一口酒，正正脸色，说：

　　——国语电影如果真想求进步的话，首先，制片家必须放弃所谓"生意眼"；其次，认识剧本的重要性；第三，打倒明星制度；第四，扬弃投机取巧的念头，不拍陈腔滥调的民间故事；第五，不以新艺综合体及日本彩色作为提高票房价值的法宝；第六，以集体创作的方式撰写具有中国作风中国精神而又朴实无华的剧本。你要知道，剧本是一部电影的灵魂。

　　——对，对，你说得一点也不错，剧本是一部电影的灵魂。所以，我认为公司方面肯出五百元的代价买我的小说去改编，实在是一种进步的措置。

　　——对不起得很，恕我不客气地指出，制片家如果专在四毫小说中寻找材料的话，电影不但不会进步，而且是死路一条！

　　——这……这不能一概而言，事实上，四毫小说也不一定全部要不得的。

　　——四毫小说当然也有优劣之分，不过，我们必须认清四毫小说的对象是哪一阶层。

——你倒说说看，四毫小说的对象究竟是哪一阶层？

——就是那些专看低级趣味电影的观众。

——我不明白你的意思。

——很简单，将四毫小说改编成电影，说明制片家的目的只想争取低级趣味的观众。换言之，仍以赚钱为最高目标，哪里谈得上提高水准？

——你这一番话，完全不切实际。今天香港的制片家，谁不将拍片当作一种生意。在香港，艺术是最不受人重视的东西，抽象画家受尽奚落，不到外国去举行展览会，就不能获得知音。电影虽然被人称作第八艺术，实际上，跟交际舞一样，一到香港就变了质。交际舞成为贩卖色情的借口，电影艺术却是商人赚钱的另一种方式。

——所以，我认为大作的被电影公司改编为剧本并不是一件可喜的事情。

——我可以不劳而获五百块钱。

——如果这样讲，那就是另外一件事了。

——我从未有过雄心。我之所以撰写四毫小说，因为这钱赚得比较容易。我之所以如此兴奋，因为我又多了一笔额外收入。谈到艺术，我是一窍不通的，我常常觉得广告画比抽象画好看得多！

我笑。他也笑了。伙计端牛柳来，嫩得很，风味别具。

香港就是这么一个地方，四毫小说的作者可以天天吃牛柳，那些严肃的文艺工作者却连牛柳的香味也不容易嗅到。我得庆幸我的运气不坏，遇到这样一位运气比我更好的"小说家"。

吃过牛柳，不愿意跟他讨论下去，站起身，说是另有约会，走了。我觉得这个沾沾自喜的"小说家"，实在悲哀得很。他连小说的门都没有摸到，却被庸俗的制片家捧坏了。

铜锣湾的灯。红的。绿的。蓝的。于是想起一则虚构的故事：一个潦倒的文人忽然被一个有钱的姨太太爱上了。他似乎获得了一切，很快乐。其实这快乐完全不着实地，因为他已失去一切。香港人的快乐都是纸扎的，但是大家都愿意将纸扎的爱情当作真的。上帝住在什么地方，那被人称作地狱的所在何以会有这么多的笑声？

一只满载希望的船，给海鸥带错了方向，空气是糖味的。空气很冷。

（有人自以为是诗人，竟将方块字误作积木，我想。没有人握有诗的执照，所以谁都可以写诗。几十个方块字就可以凑成一首诗了，所以我们这一代冒牌诗人特别多。诗是没有真伪的。诗只有好坏。不过，诗人却不同了。诗人是有真伪之分的。我们这一代，伪诗人多过真诗人。伪诗人的坏诗太多，使一般人对真诗人的好诗也产生误解。）

（如果没有真正的批评家出现，中国文艺是不会复兴的。）

（从五四到现在，我们还没有出现过一个权威的文学批评家。刘西渭写过两本小书，文章做得很好，但见解不够精辟。他批评了曹禺的剧本，曹禺指他说错了话；他批评了巴金的小说，巴金也不肯接受他的见解。不过，截至目前为止，刘西渭的文学批评，依旧是最好的。）

（旁观者清，作家需要灯塔的指示。）

（没有真正的批评家出现，中国文艺是不会复兴的。）

（我为什么又会想到这些问题呢？我应该多想女人。）

一盏昏黄不明的灯下，出现一对黑而亮的眸子。我以为在做梦，然而竟是现实。我不知道她姓什么叫什么，更不知道怎么会认识她的。但是，我们却相对而坐，面前各自有一杯威士忌。

——你的酒量不错，她说。

——我？我根本不会喝酒。

——别撒谎，我亲眼看你喝了六杯威士忌。

——是吗？

——刚才你好像醉了，伏在桌上，睡了半个钟头。

——这就证明我的酒量并不好。

——但是你没有醉。我知道的。

我望望她，她有一对黑而亮的眸子。她说得一点也不错，我没有醉。看看表，却分不清长针与短针。

——几点？我问。

——十二点一刻。

——我们该走了？

——是的，我们该走了。

——到什么地方去？

——随你的意。

我吩咐伙计埋单。走出夜总会，一辆的士刚刚停在我们面前。坐进车厢，合上眼，立刻陷于迷蒙意识，不知道女人跟司机说了什么，也不知道司机将我们载去什么地方。第二天醒来，发现自己睡在一家公寓的板房里。头很痛，脑子里有个问题：那个女人到什么地方去了？

一骨碌翻身下床，地板如浪潮。（昨天晚上，我一定喝了不少酒，我想。）走近梳妆台，定睛一看，桌面上有一张字条，用烟灰碟压着的。

字条上歪歪斜斜写着这么几行：

"先生：我不知道你是谁。我知道你是一个好人。我不应该偷你的钱，但是我穷，我的母亲正在病中，需要钱买药吃。我不是一个如你想象中的那种女人。我读过中学，而且从未做过这样的事情。你口袋里有一百二十块钱。我拿了一百，留下二十块钱给你缴房租。你不像是个穷人。少掉一百块钱，不一定会成问题。对于我，这一百块钱也许可以救一条人命。先生，我谢谢你的帮助，同时希望你以后不要喝那么多的酒。"

将字条塞入口袋，盥漱过后，我按了一下电铃，吩咐伙计埋单。我身上只有二十块钱，账单只要八块钱。我将一张十元纸交给他，问：

——那个女人什么时候走的？

——你不知道？

——我喝醉了。

伙计抬起头，略一寻思后，说：

——昨晚一点左右。

——一个可怜的女人，我说。

——这种女人有什么可怜？伙计说。

我无意争辩，怀着怅惘的心情离开酒店。走到茶楼门口，买三份日报，然后向伙计要一壶普洱茶。看了一段电讯：戴高乐拒绝英国加入共同市场。（这是莫泊桑式的"惊奇的结尾"。难道也能算是法国人的传统？我想。）

又要赛马了，满版试跑成绩与不着边际的预测。

（外围马犹如野火一般，无法扑灭。既然如此，何不使其公开化？我想。）

甲组足球联赛，六强形势越拉越紧，占首席的"光华"也未必乐观，失九分的"南华"仍有希望。

（对于一般香港人，马与波的动态较国际新闻更重要。）

然后看到一篇不能不生气的"影评"。

（这里的"影评"实在是颇成问题的。执笔人多数连一部电影的制作过程都不明白，常常"上半部演得出色""下半部毫不称职"之类地乱扯一通。这里的"影评"，从不注意艺术性，只以一般观众的趣味为准绳。在这些"影评家"的笔底下，猫王与路易主演的片子，永远是好的；反之，像《叱咤风云》这样优秀的电影，常常被评为"闷到瞌眼瞓"①。我们这里没有真正的影评。这里的"影评家"连"蒙太奇"都弄不清楚。这里的"影评家"将一部电影的娱乐成分视作最主要的成就。这里的"影评家"常常认为女主角的美丽比她的演技更重要。这里的"影评家"常常颠倒是非，将好电影骂得一屁不值，反而将那些莫名其妙的电影捧得半天高。在这些"影评家"们的心目中，《单车窃贼》②是远不及意大利的宫闱打斗香艳七彩片的。在这些"影评家"们的心目中，碧姬芭铎是远较比提戴维丝为重要的女演员。在这些"影评家"们的心目中，《君子好逑》③与《罗生门》都是要不得的电影。在这些"影评家"的心目中，电影只是一种低级的娱乐，除此以外，并不具有任何其他意义……但是，这些"影评家"们知道不知道香港每年电影的产量却占着全球第三名的地位。除了日本、印度之外，就要轮到香港了。香港虽然是个蕞尔小岛，然而每年电影的产量却比意大利、英国、法国更

---

① 瞌眼瞓，粤语，意思是打瞌睡。
② 《单车窃贼》今通译《偷自行车的人》。
③ 《君子好逑》今通译《窈窕淑女》。

多。如果香港出品的电影没有市场，那么制片家早就将钱财投资于大厦的兴建了。换言之，香港的电影是有它的市场的。既有市场，必有观众，就不能不注意到电影本身应具的教育意义。）

（制片家为了赚钱，不但不注意片子的教育意义，有时候还不惜向观众灌输毒素。逢到这种情形，影评家就有责任指出他们的错误，并予以谴责。影评家必须引导所有电影工作人员向上，绝无理由跟在庸俗的制片家背后，鼓励他们制作毫无价值的纯娱乐电影。）

（香港的电影产量占世界第三位，但是这些电影的水准却无可讳言地低得很。战后各国电影都有长足的进步。在十部获得奥斯卡金像奖的电影中，日本竟占了三部：《罗生门》《地狱门》与《七武士》。意大利的《单车窃贼》被选为电影史上的十大之一。差利的《淘金记》与《城市之光》被全球一百位影评家选为电影的古典作品。法国的 *Le Jour Se Leve* 也被承认为电影史上的十大之一。……但是产量占据全球第三位的香港电影，究竟拍出了一些什么东西？）

（制片家的唯利是图固然阻止了佳片的出现，但是"影评人"不能起督导作用，也是港片水准低落的一个重要因素。）

（如果"影评人"根本不知电影为何物的话，谁还能负起督导的责任？）

（只要是瑰丽七彩，只要是从头打到底的西部片，只要是路易的斗鸡眼，只要是外形漂亮的女主角，只要是猫王主演的歌唱片，只要是"××夜生活"之类的什锦片，只要是意大利的宫闱打斗片……都能够获得此间"影评家"一致叫好。）

（在香港，良片是劣片，劣片是良片。）

（香港电影的另一个问题是：明星太多，演员太少。女人为了赚取明星的头衔，即使每个月只拿两百块钱薪水，也一样肯干。理由是：有了明星头衔后，就可以在其他方面获得更大的酬劳。）

将报纸翻到副刊版，发现我写的《潘金莲做包租婆》已由编辑先生加上插图。像这样的文字，原已相当露骨，再加上插图的话，那就当真不堪入目了。

（不能再写这种东西了，我想。这是害人的。如果不能戒酒的话，那么受害的将是我自己。如果继续撰写黄色文字，则受害的都是广大读者群。但是，我必须继续生存下去。事实上，即使我宁愿束紧裤带，别人可不会像我这样傻。我不写，自有别人肯写。结果，我若饿死了，这"黄祸"也不见得会因此而消失。）

然后翻到港闻版，又有两个人跳楼。

（香港高楼大厦多，而跳楼的人也多。难道这个世界当真没有一点值得留连的吗？）

然后向点心妹拿了一碟芋角与一碟虾饺。（这是现实，我想。）

　　身上的钱，大部已被那个陌生女子取去。付了茶钱，所剩无几。走去电车站，到中环一家报馆去预支了一百块钱薪水，然后踩着悠闲的步子，到皇后道去看橱窗。（对于那些专买非必需品的贵妇们，橱窗是吸铁石。）然后我见到一个很美丽很美丽的女人，从头到脚几乎全是紫色，看起来，犹如一朵会走路的紫丁香。（美丽的女人都是上帝手制的艺术品，我想。）然后走进一家幽静的小咖啡店，要了一杯酒，掏出原子笔与原稿纸，打算将这一天的文债还掉。由于刚刚见到了一个绝色女子，笔底下的潘金莲刁刘氏全变成那个模样，写起来，不但顺利，抑且颇多神来之笔。

　　——想不到会在这里碰到你。

　　抬头一看，原来是旧日重庆报馆里的一位老同事。此人姓沈，名家宝，过去在重庆跑新闻，华莱士来华时写过一篇特写，相当精彩。那时候，他是一个小白脸。现在也是中年人了，作笑时，眼角的鱼尾纹特别深。我们已经好几年没有见面，虽然大家都在香港。他贪婪地端详我，有意在我脸上寻找皱纹。

　　——告诉我，你在做些什么？

　　——卖文为生。

　　——好得很，好得很！

　　——做一个写稿匠，有什么好？

——香港有几位多产作家，每天写一万多字，收入不恶，听说有的不但坐了汽车，而且还买了洋楼。

——那是极少数的几个。

——你现在写几家报纸？

——四家。

——不算少了，最低限度，生活绝无问题。

——不一定。

——你单身单口，每个月有成千收入，怎么会不够？

——不是这个问题。

——难道还有其他的困难？

——在香港卖文等于妓女卖笑，必须取悦于顾客，否则就赚不到稿费。

沈家宝感慨系之地叹息一声，说是乱世年头，能够活下去，已经算是幸运了。然后我要他将近况告诉我。他说他已改行做生意，前年纠集了一些资本，与几个朋友合资创设一间塑胶厂，专门摹仿日本的胶公仔，生意相当不错。

——去年赚了三十几万，添置了一些机器外，所有厂里的员工在年底都能分到五个月的红利。

——恭喜你。

——下个月初，我要到日本去兜一圈，拿些新的样品回来，同时还打算订一批日本的胶布和机器。

——为什么一定要买日本货？

——便宜，价钱便宜。

——但是，你还记得不？当年我们在重庆的时候，日本飞机炸死了多少无辜的同胞。这是我们亲眼目睹的事实，这些是惨痛的事实，难道你已经完全忘记了？

沈家宝笑不可仰，说我是天字第一号傻瓜。我不明白他的话意，他说：

——当你从九龙乘坐渡海小轮来到香港时，特别是晚上，你一定会注意到海边建筑物上的商业广告牌。

——是的。

——你知道不知道这些广告牌中，日本货占了百分之七十？

——所以这是一个非常可怕的现象！

——有什么可怕？香港不知有多少商人，都是因为推销日本货而发了财的。

——然而我们是知识分子，我们不能像那些唯利是图的无知商人一样，将那八年的惨痛经验全部忘记。

——为什么不能？再说，日本现在是一个民主国家了，过去的好战分子皆已受到惩罚，今后再也不会侵略邻邦。

——我很怀疑。

——这是事实，用不到多疑。

——我相信他们的武士道精神还是存在的。

望着沈家宝脸上的表情，我知道他不能同意我的看法。

不过，我们究竟是多年老友了，纵或意见不同，也绝不至于闹得面红耳赤。事实上，整个东南亚区，除了星加坡的华人外，很少人再记得过去的那一笔血债。

话不投机，沈家宝将烟蒂揿熄在烟碟里，将三文治匆匆吃下，掏钱埋单，露了个伪笑，走了。

沈家宝走后，我继续写稿。将四家报馆的续稿全部写好，算是了却一桩心事。回到家里，雷老太太神色紧张地问我：

——急死我了，新民，你为什么一夜不回？

可怜的老人，又将我当作她的儿子了。没有等我答话，她冉冉走进厨房，端了一碗莲心桂圆汤出来，抖巍巍地放在我面前，要我喝下。

喝下热气腾腾的桂圆汤，立刻解衣上床。我做了一个梦。

# 32

我走进一面偌大的镜子

在镜子里找到另外一个世界

这个世界和我们现在所处的世界极其相似然而明明又不是我们现在所处的世界

这个世界里有我

然而又明明不是我

这个世界里有你

然而又明明不是你

这个世界里有他

然而又明明不是他

这是一个奇异的世界犹如八卦阵一般教每一个人走到里边去寻找自己

在这个世界里恋爱不是双方面的事每一个人都爱自己

在这个世界里人们可以从自己的额角上看到时间的脚印

在这个世界里白发与皱纹是两样最可憎的东西

在这个世界里只有眼睛最真实除此之外都是影子

在这个世界里每一个人皆没有灵魂

我倒是愿意做一个没有灵魂的人在这个世界逍遥自在地过日子不知道快乐也不知道忧愁成天用眼睛去观察另外一个自己以及另外一个世界

# 33

醒来，天花板上有个彩色的图案，忽而黄，忽而绿，忽而黄绿交错。望望窗，夜色已四合。翻身下床，走去窗边俯视，原来对街一幢四层楼宇的天台上新近装了一个很大的霓虹灯广告牌。商人是无孔不入的。不久的将来，当新鲜感消逝时，我必会憎厌这彩色光线的侵略。不过，现在我却欢迎这突如其来的热闹。我用小孩子看万花筒的心情去欣赏这新颖的广告牌。

有人敲门，是雷老太太。

——电话，她说。

我匆匆走入客厅，拿起电话，原来是麦荷门。他约我去兰香阁饮茶。

见到麦荷门，第一个印象是：他消瘦了。不必询问，准是《前卫文学》的担子压得太重，使他透不过气来。谈到《前卫文学》，他说：

——第二期已经付印了，创作部分还是找不到好稿子。

——是的，大家都去撰写通俗文字了。

——这样下去，水准越来越低，完全失去创办这个杂志的意义。

——不一定，我说。事实上，此时此地想征求独创性的作品，的确相当困难。不过，译文部分倘能维持创刊号的水准，杂志本身依旧具有积极的意义。创刊号的销数怎么样？

——很坏。

——坏到什么程度？

——星马一带运了一千本去，据那边的代理写信来，最多只能卖出三十本，希望我们下次寄书的时候，寄一百本就够了。

——一百本？

——即使是一百本，代理商居然还提了几个要求。

——什么要求？

——第一，封面不能继续维持这样朴素的作风，如果不能用橡皮车印，至少也要三色套版。第二，内容方面，减少译文，加多几个长篇连载。

——长篇连载？

——他说读者不喜欢阅读短篇小说，想增加销数，必须增加长篇连载。

——好的短篇创作尚且不容易找，哪里有办法找到够水准的长篇小说？而且，还要几个！

——代理商所指的长篇小说跟我们心目中的长篇小说不同。他所要求的乃是张恨水式长篇小说。

——张恨水的东西，属于鸳鸯蝴蝶派，怎么可以算是文艺作品？

——在代理商的心目中，武侠小说也是文学的一种形式。前些日子，不是有人还在提倡什么"武侠文学"吗？

——你的意思怎么样？

——这还用说？如果《前卫文学》为了销数而必须刊登鸳鸯蝴蝶派小说的话，那还成什么"前卫"？

——除了星马以外，其他地区的发行情形怎么样？

——菲律宾的代理商来信，说是第二期只要寄十本就够了。曼谷方面，以后每期寄三本就够了。据说这三本还是看在这边总代理的脸上才拿的。

——本港呢？

——本港的情形稍为好一点，但也不能超过一百本。

——总计起来，两百本还不到？

——是的。

——那么第二期准备印多少？

——五百本。

——销数只有两百，何必印五百？

——印五百与印两百，成本是相差不多的；事实上，印两百跟印一千也不会有太大的距离。所以，虽然销数少得可怜，我还是想印五百本。我希望第二期的销数会增加一些，虽然这看来是不容易实现的希望。如果第二期销数跟创刊号一样的话，那么只好将那些剩书留着将来汇订合订本。

——荷门，我们是老朋友，能不能允许我说几句坦白的话？

——你说吧。

——如果一本杂志每期只能销一百多本的话，那就没有必要浪费精力与钱财了。

——不，不，只要还有一个忠实读者的话，《前卫文学》绝对继续出版！除非经济能力够不到的时候，那就……

荷门讳言"停刊"两个字，足见其态度之坚定。我不敢再提相反的意见，正因为他的看法与做法都对。以我自己来说，我是一个文学领域里的逃兵，没有资格要求一个斗志坚强的战士也撤退下来。

受了荷门的精神感召，我竟自告奋勇地愿意抽出一部分时间，给《前卫文学》写一个短篇创作。

荷门很兴奋。

但是提出一个问题：

——发表时用什么笔名？

——当然用我一向用惯的笔名。

——可是，你目前正用这个笔名在四家报纸上写四个黄色连载。

——关于这一点，我倒并不像你那样认真。我认为笔名只是一个记号。读者绝不会只看笔名而不看文章的。福克纳在写作《声音与愤怒》之前，也曾写过几部通俗小说，浪费很多精力，企图迎合一般读者的趣味。等到他发现自己的才具并不属于流行作家那一派时，他发表了《声音与愤怒》，结果赢得批评界的一致叫好，并荣获诺贝尔文学奖金。此外，当年的穆时英，也曾以同一个笔名同时发表两种风格绝然不同的小说：一种是通俗形式的《南北极》，一种是用感觉派手法撰写的《公墓》与《白金的女体塑像》。至于张天翼，早期也曾写过不少鸳鸯蝴蝶派小说。所以，《前卫文学》不应该坚持这一点。事实上，今天的香港文艺工作者几乎十九都曾写过商业化文字。我们应该重视作品本身，不必斤斤于这种小节。

荷门瞪大眼睛望着我，似乎仍未被我说服。看样子，他不愿意撰写《潘金莲做包租婆》的人在《前卫文学》上发表文艺创作。

我的看法显然跟他不同。我认为最重要的还是作品本身。

不过，荷门既然有此成见，我也没有必要与他争辩。实际上，我之所以毅然答应替《前卫文学》写一个短篇创作，完全是因为受了荷门那般傻劲的感染。他既然反对我用写通俗文字的笔名在《前卫文学》上发表作品，我也乐得趁此作罢。我已决心做一个文学领域上的逃兵，又何必再挤进去。于是我说：

——这些年来，为了生活，写过不少通俗文字，即使想认真写些东西，恐怕也会力不从心，与其糟蹋《前卫文学》的篇幅，不如藏拙的好。

荷门摇摇头说：

——我对你的创作能力有绝大的信心，问题是：我不赞成你用撰写《潘金莲做包租婆》的笔名来发表严肃的文艺创作。

——既然这样，就算了吧。

麦荷门用叹息解释一切。我向伙计要了一杯酒。逢到这种情形，只有酒才是真正的朋友。我们不再交谈，好像有意在沉默中寻找些什么。两杯下肚，麦荷门吩咐伙计埋单，说是要到印刷所去看看，先走了。我立刻感到一种无比的空虚，哀哀无告地对四周瞅了一圈，茶客虽多，我却十分孤独。

忽然想起杨露。身上现款不多。走出兰香阁，到一家报馆去借支稿费。

主持人摇摇头，涎着脸，表示没有办法。我很生气，愤然离开那家报馆，去到另一家，借支两百元稿费，雇车去湾仔。

杨露见到我，说我在生气。我不加否认，杨露就夸耀自己的聪明。其实，她弄错了。她以为我在生她的气。

我邀她出去喝酒，她一口答应。

在一家东江菜馆吃盐焗鸡时，杨露抬起头，将半杯拔兰"骨嘟骨嘟"地饮尽了。她的酒量并不太好，忽然酒兴那么浓，不会没有理由。我替她斟了半杯，她说：

——下个月一号起，我不做了。

——跳槽？

——不是。

——对蜡板生涯感到厌倦？

——不是。

——那么，为什么忽然有辍舞的念头？

——我决定嫁人！

——谁？你的对象是谁？

——一个年轻的舞客，你没有见过。

这"年轻"两字犹如两支箭，直射我心，又刺又痛。我举起酒杯，一口将酒喝尽，心乱似麻，只是不开口。杨露说我醉了。我摇摇头。杨露用纤细的食指点点我的脸颊，说我的面孔红得像舞台上的关老爷。我知道我的感情很激动；但是杨露竟视作酒的反应，我难免不感到失望，因为杨露对我的感情全不了解。

——你家里的负担可不轻，辍舞后，他们的生活费用谁来负担？

——我不能为了他们一辈子不出嫁！

——但是他们必须活下去的。

——这是他们的事。

听语气，杨露对她的父母颇不满意。几经询问，才知道杨露曾经为了自己的婚事跟嗜赌的父亲吵过嘴。

杨露的固执，犹如一枝松树。就一般情理来说，她的反抗不但是应该的，而且是必须的。不过，对于我，事情的突如其来，一若淋头的冷水。我一直以为杨露对我有特殊的好感，现在才证明不是。我与杨露间的感情等于一张薄纸，用蘸着唾沫的手指轻轻一点，就破。

# 34

我的感情发炎了，必须从速医治。酒是特效药，我一再倾饮酒液。

杨露的眼睛极媚。午夜的私语仍难遗忘。我将从此失去她了，一若扒手从我口袋偷去钱财。爱情与钱财都是最重要的东西，失去钱财固可哀，失去爱情更可悲。

一杯。两杯。三杯。四杯。……

眼睛变成繁星，在一块小小的空间中跳团体舞。当北风脱去棉袍时，疯狂似花朵茁长。

有歌声不知来自何处。有人征求纪德的《伪币制造者》。时代不同了。画家必须约束自己，不要用太少的颜色去表现内心的世界。只有阳光底下的事物才有那么多庸俗的色彩。杨露也庸俗。她的嘴唇涂得太红。

——不能再喝了。

（一个女人的声音，当然是杨露。但是杨露背弃了我，使我的感情受了伤害。我必须在她面前虐待自己，让她看了难过。）

我举杯喝酒。

当她阻止伙计再端酒来时，我将钞票掷在桌面。

一杯。两杯。三杯。

——不能再喝了。

（语气含有谴责意味，我听得出。但是我必须在她面前虐待自己，让她看了难过。）

眼泪是先头部队，狂哭随后。牧者迷失路途，抑或那一群小羊？忽然想到七十二。这七十二是蓝色的，因为我喜爱蓝色。

七十二像风扇一般，旋转不已，用欣赏风景的眼睛去观看，却给风景嘲笑了。

电车在唱歌。霓虹灯以强烈的光芒强迫路人注意。有苍蝇停在我的鼻尖上，但春夜仍寒。这是需要一点勇气的，一只夏日的动物怎样熬过隆冬。

梦破了。

梦是一座没有城墙的城。梦是猩猩笔底下的素描。梦是神话的儿子。梦是幻想的碎片。梦是虚妄。

思想有无形态？如果有的话能不用文字去表现它的蜕变？

文字是一种语言，而语言却是思想的奴隶。

就某种意义上，思想的范围比空气更大。用小刀割一块思想，放在实验管中，从它的组织去认识无限大。

思想是没有极限的。

宇宙有极限吗？

有的。宇宙的极限就在每一个人的心中。

每一个人有一个世界。每一个人有一个宇宙。当这个人死亡时，世界消失了，宇宙也消失。宇宙的存在不是谜。生与死也不是谜。整个宇宙是一只思想的圆盒。这圆盒是神的玩具。神在宇宙的极限外边，将宇宙放在自己的掌心中，玩弄着，一若七岁孩童玩弄他的小铅兵。

神在人的心中。

心与思想是一对孪生子。宇宙是最大的东西，同时也是最小的东西。它是一只思想的圆盒。当你把它想象作无限大时，它就无限大。当你把它想象作无限小时，它就无限小。当思虑机构失去效用时，它就不存在了。

思想是神。思想是造物主。思想是宇宙。思想是主宰。思想是每一个人的总指挥。

每一个人必须用思想去控制思想。

现在，思想醉了。思想越出轨道。乱若枯草，在黑色中捕捉黑色，在圆的范围内兜圈子。

我终于听到自己的笑声。然而这不是真正的觉醒。这是一种偶发的觉醒，犹如爆竹一般，一闪即逝。

然后我听到一个女人的声音：

——怎么会醉成这个样子的？

我以为是杨露，但声音并不相似。睁开眼来观看，眼前出现一片模糊。那情景，像极了失去焦点的照相。于是，我又听到了自己的笑声。

——杨露，不要离开我，我说。

没有回答。

我看到一些零乱的红色。

天色仍在旋转，整个世界失踪了。眼前的一切犹如电影上的淡出，朦朦胧胧，模模糊糊。外在的真实已失去真实，思想依旧混乱。

（一只白色的羊。两只白色的羊。三只白色的羊。月亮对地球宣战。贾宝玉初试云雨。皇后道上的百货商店。到处是大厦。沿步路过与香港文化。）

（病态的夜。澳门即将赛狗。中环填海区发展计划。通俗音乐的歌词有太多的"你爱我"与"我爱你"。曹雪芹与乔也斯的遭遇颇多相似之处，乔也斯在瑞士时穷得必须接受别人的施舍，曹雪芹也度着"举家食粥酒长赊"的日子。乔也斯的《优力栖斯》曾遭受卫道之士的毁谤，曹雪芹的《石头记》也被乾隆皇的堂弟目为怨谤之作。）

（好的文章一定会被时代发现的。）

（大赛马配磅表公布。胡适逝世一周年。今年二月是曹雪芹逝世二百周年纪念。鸡尾酒，马背上的歌唱者。有人说，现代主义已死亡。有人却高呼现代主义万岁。）

（戏剧落幕了。灰色。声音极难听。阳光是不要钱的。一杯加了糖的啤酒。思想关在笼子里。呼吸迫促。跑百米的运动员用劳力换取失望。桥。香港与九龙之间应该有一座铁桥。雨量稀少。一对年轻人在皇后道握手。）

（欲望。无休止的欲望。理智与问题。女学生结队去看卓比戚加的扭腰舞。）

（卓比戚加是个严重的世纪病患者。沉默的一代。海水蓝得可爱。为什么不能消除恐惧？）

（艺术尚未到达尽端，但是顽固派却畏惧任何新的开始。有人在嘲笑抽象画，却又能欣赏发自弦线的音素。）

（盐焗鸡。从人造卫星发射火箭。群众皆在微笑。上帝手里也有一张演员表。我们是理性的动物。二加二等于五。错误。圣人也有三分错。那天中午他走过斑马线去吃烧鸡饭。）

（希望，虚妄，绝望，再生的希望。理想穿上咖啡色西装。工地塌坭，压伤工友。本港存水量仅得六十五亿加仑。眼睛里充满惊奇。一个主题的产生。石器时代就有两性的战事了。奇怪，我怎么会见到这样零乱的红色？）

## 35

——奇怪，我怎么会见到这样零乱的红色？我问。

回答是：

——你一定做了个梦。

站在床边的不是杨露，而是一个穿着白衣的护士。

她在笑。她的笑容很可爱。我不认识她，也不知道躺在什么地方。阳光十分明媚，从窗外射到我的床上。我心里有了一个问题，只觉得她的笑容非常可爱。

——杨露呢？我问。

——谁？

——那个跟我在一起喝酒的女人。

——对不住，我也不清楚，护士说。

——但是我怎么会躺在这里？

——警方送你来的。

——警方？

——你受伤了。

——我怎么会受伤的？

——有人用酒瓶打破了你的头颅。

——谁？

——我也不清楚。

——一定是杨露。对！一定是杨露！昨晚我跟她在一家东江菜馆喝酒。但是，她为什么要用酒瓶击伤我呢？

——昨天晚上，医生替你缝了几针，现在仍须好好休息。

——请你拿一份当天的日报给我，只看五分钟。

护士想了想，终于转身走出病房。稍过些时，拿了一份日报来。

港闻版有一条花边新闻，标题是:《舞女杨露发雌威，酒瓶击破舞客头》。

内容则谓:"昨晚八时许，舞女杨露偕一四眼西装客在一家菜馆进餐，倾饮洋酒，初则嘻嘻哈哈，旋则反唇相讥，最后杨露忽然高举酒瓶，愤然朝舞客打去。舞客躲避不及，弄得头破血流，状极可怖。店中人士即唤召差人，将杨露拉入警局，并急召救伤车将该舞客送入医院治疗。事后，据菜馆中人称:两人醉后引起争吵，原因不详。"

（酒不是好东西，必须戒绝，我想。但不知杨露被拉入警局后，会受到什么处分？杨露是个好人，她用酒瓶打我，当然不会没有理由。只要有理由，就得原谅她。可是，她用酒瓶击伤了我，警方肯原谅她吗？我应该马上离开医院，到警局去解释一切，也好减轻杨露的罪状。昨天晚上杨露喝得不少，一定也醉了，要不然，绝对不会发生这样的事情。她是一个好人，虽然她已决定嫁给另外一个男人。我不明白她为什么用酒瓶击破我的头颅，相信不会没有理由。）

在医院里躺了几天，不能执笔撰写连载小说，有一家报馆的负责人向我提出警告，说是以后绝对不能断稿，即使病倒在医院，也不能。这是不合理的要求，绝对不能答应。

这是职业作家的悲哀。

在香港，一个职业作家必须将自己视作一架写稿机器。如果每天替七家报纸写七个连载文字，不论武侠也好，随笔也好，传奇也好，故事新编也好，这架机器就得挤出七千字才能算是完成一天的工作。

人与机器究竟不同。

人是有感情的。

可是在香港做职业作家，就必须将自己视作机器。情绪不好时，要写。病倒时，要写。写不出的时候，要写。有重要的事需要做的时候，也要写。

在香港，万般皆上品，唯有读书低。文章倘想挤于商品之列，只好不问价值，但求价格。

机器尚且会有失灵的一天，人怎么会不病？然而在香港做一个职业作家，竟连病的自由也没有。我很生气，毅然向那家报馆负责人表示不愿意继续为他们撰稿了。

他大笑。笑声极响。我愤然走出报馆，第一件想到的事便是饮酒。

我要喝酒，我要喝酒，我要喝更多的酒。笑声犹如四堵墙壁，围着我，使我无法用理智去适应当前的一切。我在一家餐厅喝了些酒，然后与一个的士司机交换了几句，然后见到一对明亮似钻石的眸子。

——你又喝醉了，她说。

——没有醉，我说。

——也许你还没有醉，不过，你不能再喝了。

——为什么？

——因为我要带你去一个地方。

——做什么？

——我的女儿很想见见你。

——你是说：你要将你的女儿介绍给我？

——正是这个意思。

——多少钱？

——三百。

——我还没有中马票。

她笑了。咧着嘴，血红的嘴唇映得牙齿格外蜡黄。（她不应该抽那么多的烟，我想。）

忽然感到一阵晕眩，地板变成天花板。有人大声责备我，世界犹如万花筒。我笑。她也笑。于是见到一个年纪很轻很轻的女孩子，不会超过十四岁，比司马莉与杨露都小。我不敢看那充满了恐惧神情的眼睛，心里有一种不可言状的感觉，想走，给那个徐娘拦住了。

——我没有钱，我说。

——别以为她年纪轻，她一定可以使你感到快乐。

——我知道，但我没有那么多的钱。

——你有多少？

我从口袋里将所有的钱财都掏出来，约莫七八十元，她一把夺了去，然后疾步走出房间，将房门关上了。我浑身起了鸡皮疙瘩，却不知道什么原因。那小女孩端坐在床沿，低着头，像旧式婚姻的新娘。很窘。空气犹如凝固一般。

——你几岁了？我问。

——二十。

（谎话！多么可怜的谎话！我想。）

——你常常做这样的事吗？

——这是第一次。

（谎话！多么可怜的谎话！我想。）

——你愿意这样做？

——我父亲病了，没有钱买药吃。

我拨转身，拉开房门，如同一匹脱缰的马，飞也似的往外急奔。我跌了一跤，被两个好心的路人扶起。我仿佛被人殴了一拳，心痛得很。

（这是一个人吃人的世界！这是一个丑恶的世界！这是一

个只有野兽才可以居住的世界！这是一个可怕的世界！这是一个失去理性的世界！）

文章变成商品。

爱情变成商品。

女孩子的贞操也变成商品。

那个无耻的徐娘，知道男人们不喜欢她那皱得似地图的肚皮了，幡悟于磁力的消失，竟将一个半醉的男人跟她的女儿关在一间板房内。

（也许这不是第一次，我想。也许这个女孩子已染上花柳病。多么可悲呀，一个未成年的花柳病者。）

突然的觉醒，犹如剧终时的灯火骤明。酒不是逃避现实的桥梁。当现实丑到无法面对时，酒与水不会有什么分别。那一对可怜的眸子，如黑夜的星星被乌云掩盖。在这罪恶的集中营里，女孩子被逼动用原始的资本。

一条街。来来往往的皆是野兽。笑声不会钻入自己的耳朵，谁也不能从镜子里找到自己。

有哑音狂呼号外，原来是赛马期的"战果"。

周围都是不顺眼的事物，像攀墙草的茎，缠着我的感受。想逃，无处可去。最后，发现已躺在自己的床上，雷老太太在我耳畔提出一连串的问话，喊喊喳喳，犹如刚关在笼子里的麻雀。我有太多的谜，欲求解答，结果更糊涂。

我哭。

雷老太太也陪我流泪。

于是我噙着泪水笑了，觉得这位老太太实在滑稽得很。当她说话时，声音十分微细，教人听了，产生残烛在风中摇曳的感觉。

然后她也笑了。也噙着泪水。

——让我静静地休息一下，我说。

她叮咛我几句，走了。临走时，脸上仍有焦虑的表情，看起来，很像做母亲的人在大门口呆望儿子背着书包冲入雨帘。

忽然想到浴间有一瓶滴露。

那是一瞬即逝的意念，扭熄灯，渴望走进别人的梦境。

不知道继续活下去还有什么意义？但是十个活人中间，至少有九个是不想探求生存的意义的。我又何必自寻烦恼，人生原是上帝嘴里的一句谎话。

# 36

上午八点：翻开日报，在副刊里看了几篇黄色文字。

上午九点一刻：我想喝酒，但是酒瓶已空。我伏在书桌上，将两家报纸的连载小说写好。

上午十点半：雷老太太出街回来，说是信箱塞着一本书，打开一看，原来是《前卫文学》第二期。我仿佛见到了一个久别重逢的老友，心情登时紧张起来。但是，当我将内文约略看过一遍之后，我是大大地失望了。麦荷门无法找到水准较高的创作，同时在译文方面也错误地选了一些陈旧的东西：一篇讨论狄更斯的写实手法，另一篇则研究莎士比亚的喜剧。狄更斯与莎士比亚无疑是世界文学史上的两个巨匠，但是一本题名"前卫"的文学杂志应该在其有限的篇幅中多介绍一些最新的作品与思潮。事实上，研究狄更斯与莎士比亚的专书何止千万册，《前卫文学》偶尔发表一两篇评介文学，绝不会产生任何作用。这样的做法，显然有悖于创办这本杂志的宗旨。但是我已变成一个依靠撰写黄色文字谋生的人，当然没有资格再给荷门任何忠告。我叹了一口气，将这本《前卫文学》掷在字纸篓里。

中午十二点半：我在金马车吃罗宋大餐，边吃，边联想到旧日上海霞飞路的弟弟斯与卡夫卡斯。那些没有祖国的白俄们，如何用古老的烹调法去赚取中国人的好奇。

下午两点半：我在豪华戏院看电影。一张陈旧的片子，依旧不失其原有的光泽。

下午四点半：我在怡和街遇见一个老同学。他吃惊地问我什么时候到香港的，我说十几年了。他说他在这里也住了十几年，怎么从未跟我碰过头。于是一同走进情调优美的松竹餐厅。他要了咖啡，我要了茶。他敬我一支烟，但是那是一种廉价烟，吸在嘴里，辣得很。问起近况，他说他在一家进出口商行当杂工。我听后，久久发愣，尝到了一种凄凉的滋味。（一个大学毕业生，为了生活，竟在一家进出口商行当杂工。这是什么世界？这是什么时代？）然而他还在笑，而且笑得如此安详。他说他明白我的意思，同时用乐观的口气作了一番解释。按照他的说法：大学毕业生做杂工并不是一件可耻的事情；即使拉黄包车，也绝不可耻。重要的是：自己能不能安于贫？能不能减少自己的欲望？能不能心平气和地去接受现实？

下午五点半：与这位老同学在街口分手，望着他的背影，我见到了一个平凡的巨人。

下午五点三十五分：走进一家书店，有人将乾隆壬子程伟元"详加标阅改订"的第二次木活字排印本百廿回《红楼梦》全部影印出来了。这是近年出版界的一桩大事，值得赞扬，如果一般唯利是图的盗印商也肯做一些诸如此类的好事情的话，对于下一代，必可产生极其良好的影响。

下午六点正：坐在维多利亚的长椅上，看落日光将云层染得通红。

下午六点四十分：沿着英皇道向北角走去。十年前的北角像一个未施脂粉的乡下姑娘，今天的北角简直是浓妆艳服的贵妇人。

晚上七点一刻：在四五六菜馆饮花雕。伙计特别推荐新的蛏子。我要了一碟。离开上海到现在，已经十四年了。整整十四年没有尝过蛏子。想起似烟的往事，完全辨不出蛏子的鲜味。

晚上八点十分：站在一家玩具店门前，看橱窗里的玩具。童心未泯？抑或太过无聊？

晚上九点：搭乘电车去湾仔，在一家手指舞厅购买廉价的爱情。我知道我是想去寻找杨露的，但是我竟一再地欺骗自己。走进舞厅后，心里想叫杨露坐台，嘴上却讲出另外一个舞女的名字。那舞女笑眯眯地走过来，坐定，细声告诉我杨露已经辍舞了。我心似刀割，紧紧搂着她，将她当作杨露。杨露是一个可怜又复可爱的女孩子，她接受了我的同情，却拒绝了我的爱情。对于我，这是一次难忘的教训。

晚上十一点半：我与一个自称只有二十岁的老舞女在东

兴楼吃消夜。我并不饥饿，但是我向伙计要了些酒菜。我并不喜欢这个老舞女，但是我买了五个钟带她出来。当我跟她共舞时，我觉得很孤独。乐队企图用声音使人忘记时间。人的感情被烟雾包围了。忽然有人轻拍我肩，回过头去，原来是梳着雀巢发型的司马莉。很久不见了，这位早熟的女孩子依旧涂着太黑的眼圈。她说她的父母到朋友家里打麻将去了。她说她已经辍学了。她说她决定下个月结婚。她说她很愉快。她说她希望我能够参加她的婚礼。关于这一点，我坦白告诉她：我是不会参加的。她笑了，笑得很狡狯。她用揶揄的口吻指我胆小似鼠。我并不觉得这是一种侮辱，因为她仍年轻。

# 37

　　"……你的征稿信，早已收到了，因为想好好写一个创作短篇一起寄给你，所以迟至今天才复。

　　"自从来到英国后，曾经用英文写过几篇《旗袍的沿革》以及《缠脚与辫子》之类的无聊文字，发表在此间的报章杂志上。这样做，没有别的目的，只想骗取一些稿费。你来信指定要我写一篇短篇创作，但是我连讲中国话的机会都很少，哪里还有能力写中国文章？不过，我对你办《前卫文学》的宗旨极表赞同，因此毅然重提秃笔，写了这个短篇给你。在落笔之前，我是颇有一些雄心的，写成后，始知力不从心。我在这篇创作中所采取的表现手法相当新，可是并不成功。如果你认为不及格的话，不妨掷入字纸篓，反正这是一个尝试，用与不用，对我全无分别。

　　"在英国，有时候也会遇到一些刚从香港或南洋各埠来此留学的年轻人，谈起五四以来的新文学，他们总是妄自菲薄地说我们的小说家全部缴了白卷。其实，这样的看法显然是不正确的。事实上，几十年来，新文学小说部门的收获虽不丰，但也不是完全没有表现的——特别是短篇小说。问题是大部分优秀的短篇小说，都被读者忽略了。由于读者的忽略以及连年的战祸，短篇小说湮灭之速，令人吃惊。那些在报章杂志上刊登而没有结成集子的固不必说，即使侥幸获得出版家青睐的，也往往印上一两千本，就绝版了。中国读者对作者的缺乏鼓励，不但阻止了伟大作品的产生，抑且使一些较为优秀的作品也无法流传或保存。为了这个缘故，我总觉得写短篇小说是一桩白费气力的事情。

"但是可叹的事还不止这一桩。

"如果我们的读者不能欣赏文学领域里的果实，那么外国读者更加无法领略了。鲁迅的《阿Q正传》曾经译成数国文字，但也并不能使欧美的读书界对我们的新文学有一番新的认识。相反地，这篇小说的受人注意远不及林语堂译的《中国短篇小说集》——选自《三言》的几个古典短篇。外国人对中国发生兴趣的事，似乎永远是：男人的辫子、女人的缠足、鸦片、小老婆、旧式婚姻仪式、旧式的社会制度以及古老的礼教习俗……除此之外，他们就无法接受中国男人早已剪去辫子以及中国女人早已不再缠足的事实。

"诸如此类的现象，都是使有心人不肯从事严肃的文学创作的主要原因。

"你来信说我在抗日时期发表的几个短篇，相当优秀。感谢你的赞美。不过，我自己倒并不觉得它们有什么好处。这就是我自己为什么不将它们保存的理由。

"这些年来，在英国读了不少好书，对于小说方向，倒是比较看得清楚。不过，由于杂务太忙，同时也得不到任何鼓励，所以一直没有提笔尝试。当我收到你的来信时，我的喜悦实非笔墨所能描摹。我还没有完全被遗忘，至少有一个像你这样的朋友居然还记得我的存在。你要求我写一个短篇创作给你，我是多么的高兴。我甚至暂时停止集邮的好癖，每晚伏在书桌上写稿。对于我，这已经是一件非常陌生的事了。但是，我有的是信心。我相信我能够写一些像样的短篇出来的。文章写好后，重读一遍，才知道荒废太久，眼高了，手太低。我不能写一个出色的短篇，原非出于意料之外的事情。这种情形，与一个运动员的成绩颇为相似。当他二十岁时，他曾经有过一米八十的跳高纪录，十年之后，以为自己至少可以越过一米六十的，结果连一米四十都无法越过。

　　"这个短篇，是一个失败之作。然而我还是将它寄给你了。这样做，只有两个理由：第一，我要你知道我确确实实为你写过一个短篇，虽然它是一个失败之作；第二，将这篇失败的作品寄给你，因为我知道今后恐怕连这样的东西也写不出。

　　"你给我一个考验自己的机会，我很感激你。我也许再也没有勇气执笔写小说了；但是我愿意坦白告诉你，我对于文学的兴趣绝不会因此而消失。如果有优秀的作品，我还是乐于阅读的，如果你肯将《前卫文学》寄给我的话，我会感到极大的兴趣。……"

信写到这里为止，署名是路汀。

※

路汀是一个严肃的小说家，产量极少，但是每一篇都有独特的风格与手法。抗战时期，他发表过几个优秀的短篇，写大后方的小人物怎样在大时代中求生存。朋友们对他的作品都予以相当高的评价。有的甚至说他的成就高过沈从文。不过，路汀是个教育家，必须将大部分的时间花在课堂里，除此之外，他还是一个邮识非常丰富的集邮家。所以，他的产量始终少得可怜。

我常有这样的想法：如果读者能够给路汀更多的鼓励，或者像路汀这样优秀的作家能够专心从事写作，那么他将产生更多更成功的作品，应该是毫无疑问的。这些年来，为了生活得合理些，他带着妻子儿女到遥远的英国去做教书匠。他对文学的爱好一若集邮，属于玩票性质，并不认真。但是他的短篇写得那么精彩，正如他的邮集中藏有不少珍品一般。读者一向对他不大注意，他也毫不在乎。他所以会提笔撰写那么几个短篇，完全是一种娱乐，其情形与粘邮票、听唱片，甚至看一场电影并无分别。唯其如此，才值得惋惜。我们这个国家，有多少天才都被埋没了，不能得到发挥。只有那些唯利是图的作家们，却在外国专门贩卖中国的老古董，借此欺世盗名，以肥一己的私囊。路汀在英国住了几年，可能也看得眼红了。要不然，绝不会撰写《旗袍的沿革》以及《缠脚与辫子》之类的文章的。对于一个像路汀这样有才气的人，写这种无聊文章，总不能不算是一种浪费。我倒是希望他拨出一部分时间来撰写短篇小说。但是，由于长时期的荒废，再提笔时，路汀就发现"眼高手低"了。这是他自己讲的话，未必可靠，且看他的作品。

※

路汀寄来的短篇，题名《黄昏》，八千字左右，以崭新的手法写一老妪坐在公园的长椅上，睁大眼睛，凝视两个小女孩在草地上玩皮球。

题材相当普通，但表现手法非常别致。

首先，他不厌其详地描写晚霞在短短几分钟内的千变万化。

以千变万化的晚霞，象征老妪烦乱的心情。老妪年事已高，对人世仍极留连；而美丽的黄昏却引起了她的恐慌。

她贪婪地望着那两个玩皮球的女孩子，觉得她们在落日光照射下，更加美丽了。

老妪也曾年轻过的。老妪也曾在落日光下玩过皮球。但是，这些都已变成回忆。她知道自己即将离开人世，因此产生了一种奇异的意念。

她憎厌晚霞的千变万化。

她妒忌那两个小女孩。

因此，当皮球落入池塘时，一个小女孩站在塘边流泪痛哭，老妪悄悄走到她背后，将她推入池塘。

这是一个非常出色的短篇，不但题材新颖，而且手法高超。在描写老妪的心理变化时，路汀故意以晚霞来陪衬，并以之作为暮年的象征，既细腻，又深刻，写来精彩百出，令人拍案叫绝。

路汀在来信中说"这是一个失败的作品"，其实是不确的。依我看来，这是五四以来罕见的佳构。

我兴奋极了，立刻写了一封复信给路汀。

※

"……大作《黄昏》收到了。这是一个罕见的佳作。作为你的忠实读者，我必须向你致贺。《前卫文学》已出两期，因为此间的文艺工作者多数已写通俗文字，想维持一定的水准，并不容易。以过去两期的内容来看，态度虽严肃，距离理想仍远。你的《黄昏》将使《前卫文学》成为第一流的文学杂志，同时迫使有良知的文学史执笔者非提到它不可。……"

※

我忍不住跟麦荷门通一次电话。

——路汀从英国寄来一个短篇，写得非常出色，想马上拿给你。

——好的。

——什么地方见面。

——甘谷。

——什么时候？

——现在。

挂断电话，我立刻出街搭乘电车，抵达甘谷，荷门已先我而在。

——这是一个非常出色的短篇，我说。

麦荷门从我手里将稿件接过去，因为字数不多，当场读了一遍。读后，我兴奋地向他投以询问的凝视。他将稿件塞入公事包后，用淡淡的口气问我：

——吃不吃蛋糕？

冷淡的反应，使我诧愕不已。我问他：

——你觉得这篇小说怎样？

——还过得去。

——过得去？这是一篇杰作！

我激动地提高嗓音，使邻座的茶客们也吃了一惊。但是荷门脸上依旧没有被鼓舞的表情，仿佛我的见解完全不值得重视。关于这一点，我倒并不介意，事实上，别人肯不肯重视我的见解，无所谓。问题是：一篇优秀的作品产生了，如果连荷门这样的人都不能欣赏的话，今后还会有什么人愿意从事严肃的写作？

麦荷门对文艺的欣赏力并不强，他之所以毅然创办《前卫文学》，全凭一股热诚。

优秀的作品常常是没有价格的，有价格的作品往往庸俗不堪。这就是武侠小说为什么能够畅销，而戴望舒译的《恶之花掇英》竟连一百本都卖不掉。

荷门明知办《前卫文学》非蚀本不可，却有勇气办。这一份勇气固然值得钦佩，但是不能辨别作品的优劣，办这份杂志的意义也就随之丧失。

他有决心办一本第一流的文学杂志，可是收到第一流的稿件，却又无法辨识其优点。

这是一件可悲的事情，比《前卫文学》的不能受到广泛注意更可悲。

（真正的文学工作者就是这样孤独的，我想。麦荷门也是一个孤独者，然而他所受到的痛苦远不及路汀多。麦荷门至今对文学仍有热诚，而路汀却连这一股热诚也消失了。如果不是我向他征稿，他是不会做这种傻事的，路汀是一个甘于孤独的人，我又何必一定要鼓起他的写作热诚？

于是我对荷门说：

——路汀旅居英国已经好多年了，很少机会用中文写文章。如果你觉得这篇《黄昏》不够水准的话，还是让我退还给他吧。

荷门略一踌躇，居然打开公事包，将路汀的《黄昏》退还给我。

我气极了，立刻吩咐仆欧埋单。我说：

——另外有一个约会，先走了。

——我也有事，一同下楼，他说。

乘自动电梯下楼，走出中建大厦，在街口与荷门分手。

我与荷门的友谊从此告一段落无法持续。

※

回到家里，第一件事便是重新写一封复信给路汀。我不知道应该怎样向他解释，只好将实情告诉他：

"……收到大作时，我已辞去《前卫文学》的编务。现在的编者，是个对文学有热诚而欣赏水准相当低的青年。他从他母亲那里拿了五千块港币，一心想办一本优秀的文艺杂志，但是由于他的欣赏水平太低，杂志发刊的稿件（包括第二期的译文在内），多数是俗不可耐的东西。

"香港这个地方，不容易产生第一流的文学作品，也不容易产生第一流的文学杂志。环境如此，不能强求。

"你的《黄昏》是一篇杰作。许久以来，我没有读过这样优秀的短篇创作了。我向你致敬。

"不过，将这样一个优秀的作品发表在一本名为'前卫'而实际相当落后的文学杂志上，简直是一种浪费。因此，我建议你将它译成英文，发表在英美的文学杂志上。

"我的建议也许会引起你的猜疑，但是我愿意以我们二十多年的友谊来保证，我说的句句都是实话。香港的文化空气，越来越稀薄了。书店里只有武侠小说、黄色小说、四毫小说、彩色封面而别字连篇的冒牌文艺小说……这些都是商品，而书店老板皆以赚钱为目的。他们需要的只是商品，不是真正的文学作品。

"我不愿意糟蹋你的佳作，所以将它寄回给你。

"最后，希望你能拨出一部分时间用英文撰写小说。如果你肯在这方面下些功夫，相信必可在国际文坛占一席地。……"

※

信寄出后，独自走进一家餐厅去喝酒。我希望能够暂时逃避一下，很想喝个痛快。

# 38

第一杯酒。

（有人说：曹雪芹是曹颙的遗腹子。有人说：曹雪芹是曹頫的儿子。有人说：曹頫是曹寅的义子。有人说：曹雪芹原籍辽阳。有人说：曹雪芹原籍丰润。有人说：曹雪芹卒于乾隆二十七年壬午除夕。有人说：曹雪芹卒于乾隆二十八年癸未除夕。有人说：脂砚斋是曹雪芹的舅舅。有人说：脂砚斋是曹雪芹的叔叔。有人说：脂砚斋是史湘云。有人说：脂砚斋是曹雪芹自己……曹雪芹死去才两百年，我们对这位伟大的小说家的生平竟知道得这么少！）

第二杯酒。

（听说电车公司当局正在考虑三层电车。听说维多利亚海峡上边将有一座铁桥出现。听说斑马线有被行人桥淘汰的可能。听说狮子山的山洞即将凿通了。听说政府要兴建更多的廉价屋。听说尖沙咀要填海。听说明年将有更多的游客到香港来。听说北角将有汽车渡海小轮。听说……）

第三杯酒。

（在新文学的各部门中，新诗是一个孤儿，几十年来，受尽腐儒奚落。五四以前，我们没有白话诗；五四以后，我们有了白话诗。新诗之所以为新诗，就是因为它与旧诗不同。唯其如此，旧诗拥护者竟愚昧地借用唐·吉诃德的长矛，将新诗当作风车刺去。章士钊之流的被击败，早已成为历史；时至今日，如果再来一次论战的话，那就迹近浪费了。谈问题，做学问，切不可动意气。尽管意见相左，大家仍须心平气和，你把你的理由说出来，我把我的理由说出来，到了最后，总可找到明确的答案。如果讨论问题的人一味吊高嗓音，效尤泼妇之骂街，卷起衣袖，瞪大眼睛，不求问题的解答，但斗声音的高低，哗啦哗啦地乱嚷乱喊，弄得面红耳赤，最后甚至扭上法庭，那就一点意思也没有了。前些日子，我们的的确确看过这种丑剧的，现在虽然沉寂下来，但问题依旧存在。有人读了些英文，就认为中国非西化不可；有人读了些四书五经，就认定救国唯复古一道，其实问题却是平常到了极点，只是大家不肯用常识去解释。我们是吃米饭的民族，每个人从小就养成吃饭的习惯，不易更改。但是，我们绝不能因自己养成了吃米饭的习惯，就强辞夺理地否定面包的营养价值。答案就是如此的简单，没有必要花那么大的气力去争辩。我们的祖先是用惯了油盏与蜡烛的，自从爱迪生发明了电灯之后，外国有了电灯，我们也有了电灯。这些年来，我们大家都在用电灯，一致承认它比油盏与蜡烛更光，更方便，更进步。如果将旧诗喻作蜡烛或油盏，那么新诗就应该被喻作电灯了。新诗是新文学各部门中最弱的一环，现在正在成长中。那些对蜡烛与油盏有特嗜的复古派，绝不应该凭借一己的喜恶，对它大加摧残。）

第四杯酒。

（女人为美丽而生存，抑或美丽因女人而提高了价格？在我们这个社会里，爱情是一种商品，女人变成男性狩猎者的猎取物，女人。女人。女人。）

第五杯酒。

（在地狱里跳舞。１２３４５。日本电影量质俱佳。三月之雾。从镜子里看到了什么。《西游记》是一部现实主义作品。春季大马票。智利队定下月来港。象牙与雕木。孕妇最好不要吸烟。红烧大鲍翅。福克纳无疑是一个奇才。我希望我能买中大冷门。）

第六杯酒。

（二加二等于五。酒瓶在桌面踱步。有脚的思想在空间追逐。四方的太阳。时间患了流行性感冒。茶与咖啡的混合物。香港到了第十三个月就会落雪的。心灵的交通灯熄灭了。眼前的一切为什么皆极模糊？）

第……杯酒。

紫色与蓝色进入交战状态。眼睛。眼睛。眼睛。无数只眼睛。心悸似非洲森林里的鼙鼓。紫色变成浅紫，然后浅紫被蓝色吞噬。然后金色来了。金色与蓝色进入交战状态。忽然爆出无数种杂色。世界陷于极度的混乱。我的感受也麻痹了。

——醉了，有人说。

——酒钱还没有付。

——搜他的口袋，如果没有钱的话，送他进差馆！

我的身子犹如浮云般腾起。痒得很，那人的两只手抚摸我的大腿。我大笑了。

——不是喝霸王酒的，有人说。

——多少钱？

——六十几。

——扣去酒钱，将其余的还给他。

——奇怪，他为什么这样好笑。

——醉鬼都是这样的。

我的两条腿完全失去作用。地似弹簧，天似笼罩。一切都失去了焦点，没有一样东西是静止的。我觉得这个世界很可笑；但是我流泪了，辨不清东南西北，也分不出黑夜和白昼。太阳等于月亮。（为什么老不下雨？我想。）我喜欢有雨的日子，特别是当我情绪低落时。

——我不认识这个醉鬼！

（一个女人的声音，我想。）但是我看不清楚她是谁。我的视线模糊了，仿佛戴着一副磨砂玻璃眼镜。

——他叫我将车子驶到这里的，有人说。

——但是我不认识这个酒鬼！（多么熟悉的声音，然而我的视线怎么会这样模糊？）

——我没有醉！我说。

——哼！还说没有醉？连身子都站不稳！

——我实在没有醉！

我睁大眼睛凝视，她的脸形犹如昙花一般，一现即逝。但是我已看得清清楚楚，她是张丽丽。

如果张丽丽不能算作我的爱人，最低限度，她是曾经被我热爱过的。现在，她竟说不认识我了，这是什么话？

——喂！你的家究竟在哪里？有人问。

——我也不知道。

——没有家？

——有的，有的。

——在什么地方？

——不知道。

耳畔忽然响起一阵嘹亮的笑声。（谁在笑？笑谁？）笑声似浪，从四面八方涌过来。笑是深红色的，含有一种恐怖的意味。（我在等待什么？等待奇迹，抑或上帝的援手？）我完全不能帮助自己，仿佛躺在一个梦幻似的境界中，又仿佛走进了人生的背面。笑声依旧不绝于耳，犹如浪潮般过来。不要太阳，也不要月亮，用手挡住过去之烟雾，更无意捕捉不能实现的希望。我接受笑声的侵略，并不觉得这是一种耻辱。我欲认清当前的处境，但是那一对又黑又亮的眸子忽然消失了。（我做了一个梦？梦见一些不规则的现实？）我觉得好笑。然后霓虹灯开始向路人抛媚眼。我的头，好像一块布，放在缝纫机的长针下面，刺痛得很。（奇怪，我怎么会躺在人行道上的？这些人为什么围着我？我做过些什么？我躺在这里多久了？我为什么躺在这里？）一连串的问题，在我脑海里兜圈子。我勉强支撑起身子，颈部剧烈刺痛。我知道我喝醉了，但是不知在什么地方喝的酒，周围有一圈眼睛，犹如几十盏探照灯，全部集中我的身上（我是猴子戏的主角，必须离开这里，我想。）挪开脚步，这士敏土的人行道遂变成弹弓了，软绵绵的，不能使自己的身子获得平衡。（我在这里一定躺了好几个钟头，但是我怎么会到这里来的？）抬起头，游目四瞩，才知道那是张丽丽的寓所。于是我想起那一对又黑又亮的眸子。我心里有一种不可言状的感觉。摇摇头，想把混乱的思想摇得清楚些。我立刻记起了那句话：

——我不认识这个酒鬼！她说。

没有一件事比这更使我伤心的了，我得问问清楚。走上楼梯，按铃，门开一条缝。一个工人模样的人问我：

——找谁？

——找张丽丽。

——她出街了，不在家。

说罢，将门关上。我第二次按铃，因为我听到里边的麻雀声。门启后，里边走出一个男人。这男人就是纱厂老板，我见过的。

　　——找谁？他问。

　　——找张丽丽小姐。

　　——她已经嫁人了，请你以后不要再走来噜苏。

　　我坚持要跟丽丽见面。他脸一沉，拨转身，回入门内，愤然将门关上。我又按了两下门铃，但是这一次，走来开门的却是两个彪形大汉。

# 39

一家报纸将我的长篇版位刊登了别人的作品。

过两天，另外一家报纸将我的长篇版位刊登了别人的作品。

在这个时候，只有一样东西最需要：酒。

酒不能使我获得快乐，但是它使我忘记痛苦。我曾经大醉过两次，想喝酒时，发现酒瓶已空。

没有钱买酒，也没有勇气向麦荷门商借。酒瘾大发时，竟伏在桌上哭得像个婴儿。雷老太太问我为什么流泪，我不说，我不能将我的心事告诉她，唯有流泪。

没有酒，等于铁笼里的狮子，闷得连骨骼都软了。雷老太太一直在捕捉我的意向，始终没有想到我在发酒瘾。我心烦意乱，忽然产生一个可怕的想念：斗室就是笼子。闷得发慌，我必须出去走走了，因为身上还有一支派克五十一型的金笔。走进大押，当了十五块钱。然后是一杯拔兰地。

举杯时，手在发抖。那一口酒，等于镇静剂，紧张情绪终于松弛下来。

我在跟谁生气？

仔细一想，原来是跟自己。

我责怪自己太低能，无法适应这个现实环境。我曾经努力做一个严肃的工作者，差点没饿死。为了生活，我写过一些通俗文字，却因一再病倒而使编者恼怒了。编者的做法是对的，我唯有责怪自己。

今后的日子怎样打发？

找不到解答，向伙计再要一杯酒。我不敢想，唯有用酒来麻醉自己。我身上只有十五块钱，即使全部变成酒液喝下，也不会醉。我不知道，继续生存还有什么意义？我想到死。

# 40

海是陷阱。

海是蓝色的大缸。风拂过，海水作久别重逢的寒暄。大货轮载着数以千计的生命，小心惴惴地从鲤鱼门驶过来。有人兴奋得流了眼泪，却未必是悲哀。

太多的大厦令人有凌乱感觉。

渔船载失望而归，渡轮最怕桥梁的蓝图。一切皆在求证，其实所有的实物俱不存在。

保守派仍爱小夜曲。

有些不懂抽象画的人，以为蓝色堆在画布上就可以造成海水的形象。这原不是值得悲哀的事。值得悲哀的是：那些对抽象画一知半解的人，却在鼓吹抽象画。

向毕加索要求形象的表现，我们看到许多内在的柱子。

好的诗，绝非铅字的堆砌。写"第五季"与"第十三月"的坏诗人太多了，结集在一起，专向子宫探求新奇，终于成为文坛的一个帮派。

海是陷阱。

海是蓝色的大缸。这时候，跳海的念头已消失，我变成风景欣赏者。

生的火焰需要一把扇子。第三只眼睛曾见过剪落的发屑。打一个呵欠吧,宇宙的眼睛正在窥伺感情怎样被切成碎片。

走进思想的森林,听到无声的呼唤。朋友,当你孤独时,连呼唤也是无声的。

忘不掉过去。

过去的种种,犹如一件湿衣贴在我的思想上,家乡的水磨年糕,家乡的猥亵小调。有一天,我会重睹老家门前的泥土颜色。

我欲启开希望之门,苦无钥匙。

我们一直重视文学,连我们的祖宗也是。然而直到现在为止,我们还不能确定《金瓶梅》的作者是谁,《醒世姻缘》的作者是谁,《续今古奇观》的作者又是谁。

思想冷却了。希望凝结成冰。海水虽蓝,予我以憎厌的感觉。自杀据说是懦夫的行为,但也需要勇气。

智慧如流星的一瞬,冷艳得很。茶杯上的雕纹,自然不是艺术。我看见熟读唐诗的人,神往在路边的广告牌中。

忽然想起一张唱片的名字:《香港的声音》。

两个穿着大脚裤的美国水兵,站在街边纵声而笑。

——听说你的妹妹到墨西哥城去了?

——是的。

——真可惜。如果那天晚上我少喝一点酒的话,她就不会嫁给那个墨西哥人了。

——是的，那天晚上你不该喝那么多。

——现在到什么地方去？

——钻蹄。

——想吃一客上好的牛排？

——想看一对又黑又亮的眸子。

又是一阵嘹亮的笑声，仿佛半夜里突然摔碎一只大花瓶。

夜色四合，霓虹灯犹如妓女一般，以鲜艳的颜色引诱路人的注意。

旧的拆去了，新的尚在建筑中。香港一九六三。年轻人皆去修顿球场看夜波。①

春园街的嘈杂。卖膏药的人嗓子已哑。人。人。人。到处是人，摩肩擦背，一若罐头里的沙甸鱼。那个梳长辫的妹仔蓦然惊叫起来，说是有人在她屁股上拧了一把。于是，笑声似浪潮。

有人将丽的呼声扭得很响。

"……给我一个吻，可以不可以，吻在我的脸上，做个爱标记……"

狭窄的街道，洋溢着古老的香港气息。外国人拿了相机

---

① 修顿球场是昔日香港湾仔的主要地标。早上是等候工作的地方，傍晚是露天"平民夜总会"，售卖食物，有很多表演，为居民主要康乐场所。夜波指夜间球赛。

266

猎取题材，将它当作卡萨布兰加的暗巷。

红豆沙。莲子茶。鲜虾云吞面。日本肉弹献演热舞。妖精打架。每套五蚊。①两个男人在梯间造爱。第一班良驹短途争霸。怎样挽救世道？天台木屋里有人放映小电影。

——什么地方去？

——到"中央"去看何非凡的《去年今夕桃花梦》。

——买了戏票没有？

——买了。你呢？

——到"香港"去看打斗片。

火烧红莲寺，豹山神鹤剑，仙鹤神针，清宫剑影录，吸血神鞭，射雕英雄，女飞贼黄莺，峨嵋剑侠传，江湖奇侠传，铁扇子，天山神猿，青灵八女侠，沉剑飞龙传，鸳鸯剑，剑气千门录，双龙连环钩，太乙十三掌，剑折天惊，魔侠争雄记，大刀王五……

十几岁的学童皆看武侠小说。

有人从横巷走出，尾随着我，说是刚从乡下出来的"新嘢"，问我有没有兴趣。我耸耸肩，两手一摊。这是一个商业社会，女人也变成货品。

汽油灯像巨兽的眼睛。大牌档上有浓烈的牛肉味扑来。我应该吃些东西了，五毫子买了一碗牛杂。有两个肤色黧黑

---

① "蚊"是粤语港币"元"的意思。"每套五蚊"即"每套港币五元"。

的中年人，正在谈论莫振华下山的事。一个说莫振华依旧是全港最佳的左翼，一个说南华会①必有其难言之隐。两个人都很冲动，脖颈上的血管犹如蚯蚓般地凸起来。当我吃完牛杂时，他们打架了。起先，大家都很吃惊，后来见他们扭作一团在地上滚来滚去，又觉得相当滑稽。有人吊高嗓音说：

——两个酒鬼！

看热闹的人齐声哄笑。

（酒鬼都是现实生活的小丑，我想。）

然后走上一条破烂的木梯。按铃后，门上的小窗拉开一条缝。

一只眼睛，一只含有审判意味的眼睛。

——找谁？

——找一个女孩子，十五六岁年纪，笑起来，左颊有一个酒涡。

——她姓什么，叫什么名字？

——不知道。不过，我曾经到这里来过，是她母亲带我来的。她母亲常在海边找男人。

——噢，她们搬走了！

语音未完，小窗"答"的一声闩上。我叹口气，废然下

---

① 指南华体育会（South China Athletic Association），是香港一家体育会所。前身是"华人足球队"，1908年易名为"南华足球会"，1920年易名为"南华体育会"。

楼。落街后，才似梦初醒地责备起自己来了。我身上只有几块零钱，何必走去找她？仔细寻思，找不出什么充分的理由。

我已万念俱灰，只是缺乏离开尘世的勇气。唯其如此，才想见见那个比我更可怜的女孩子。

走到大道东，拐弯，然后向南走去，经过摩里臣山道，礼顿道，利园山道，到达铜锣湾。

在怡和街口见到一个失明的乞丐。我觉得他比我更可怜，毅然将身上所有的零钱全部送给他。

回到家里，在洗盥间见到一瓶滴露。

# 41

这是一种奇异的感觉,不是醉,但是我的神志陷于麻痹了。

我忍受不住痛的煎熬。

除了痛,别的感觉皆不存在。我仿佛听到一声尖锐的呼唤,却又无法用我的眼睛去寻求答案。

我走进另外一个境界,没有过去,没有未来,没有天,没有地,混混沌沌,到处氤氲着烟雾。我不需要搬动腿子,身体犹如气球一般,在空间荡来荡去。

我渴望听到一点声音,然而静得出奇。那宁静赛若固体,用刀子也切不开。

宁静将我包围了。宁静变成这世界上最可怕的东西。我欲逃避,但是四周空落落的,只有烟雾。

讨厌的烟雾,纠缠如蚕丝。我不能永远在这样的环境中生存下去。(难道这是死后的存在?难道死后的情形是这样的?不,不,我还没有死。我相信一个人的死亡与诞生前的情形绝不会两样。)于是我看到一个模糊的光圈,不十分清楚,但是我知道那是光。

当这一点光华消失时，烟雾也不见了。宁静。宁静。无休止的宁静。可怕的宁静。冰块一般的宁静。

（……）

思想的真空。感觉突呈麻痹。我不知道自己是否仍存在，事实上，已完全失去思想的能力。

黑。黑。黑。无尽无止的黑。

忽然听到很细很细的声音，听不清楚那是什么，然而那是声音。

我的思虑机构终于恢复功能，我知道我仍然存在。睁开眼，依旧朦胧一片。

——他醒了！他醒了！他没有死！

很细很细很细的声音，来自遥远的地方，但又十分接近。我眨眨眼睛，烟雾散开了。

我看到一个慈祥而布满皱纹的脸孔，原来是雷老太太。

在奇异的境界里兜了一圈，此刻又返回现实。

现在是丑恶的，总比永恒的宁静有趣。我怕宁静，对自己的愚蠢不能没有后悔。

——不要难过，雷老太太说，世界上没有不能解决的问题。

——是的，是的，这个世界是美好的。

——新民，你是一个聪明人，为什么要做这样的傻事？

（可怜的雷老太太，到现在还把我当作新民，但是我能告诉她：我不是她的儿子吗？）

——我知道你的心事，她说，这是我这些年来积下的一点钱，你拿去吧。

（我能接受她的施舍吗？如果我没有勇气将她视作自己的母亲，就不能接受她的施舍。）

——以后不能再喝那么多的酒了！

（我能说些什么？面对这么一位好心肠的老太太，我能说些什么？她是一个受过严重打击而精神失去平衡的人，但是在我看起来，她比谁都正常。除了她，再没有第二个人关心我了。不能再欺骗她。如果我答应戒酒的话，我必须实践我的诺言。）

——我一定不再喝酒！我说。

听了这句话，她抬起头，噙着泪水微笑了。

她待我实在太好。整整一天，她坐在病榻边陪我。我见她年事已高，劝她回家休息，她不肯。

在我喝下滴露之前，我以为我已失去了一切，但是在我喝下滴露之后，我仿佛又获得了失去的一切。

我是一个酒徒，但是雷老太太却将我视作稀世珍宝。雷老太太是个精神不平衡的老妇人，但是我从她处获得最大的温暖。在医院里躺了三天，我回家了。雷老太太一再阻止我喝酒，说是酒能乱性，喝多了，必会搅出祸事。她拿了三千块钱给我，要我暂时维持一下。我心里说不出多么的难过，结果只好依照她的意志收下。当天晚上，我拉着雷先生到楼下茶餐厅去小坐。我将三千块钱还给他。他摇摇头。

　　——你环境不好，还是收下吧，他说。

## 42

　保持清醒的头脑乃是一件美好的事情。清早起来，到维多利亚公园去看海，看九龙的高楼大厦，看蝴蝶们怎样快乐地飞来飞去。夜色转浓后，酒瘾发作了，浑身不得劲，坐也不是，立也不对，脾气暴躁到极点，犹如气球一般，大到无可再大，只需多吹一口气，立刻就会爆裂。当我划燃火柴时，我的手抖得厉害。于是我走进一家餐厅，向伙计要了一杯咖啡。（咖啡是不能解渴的，我想。）魔鬼在向我招手了。那是一种磁性的力量，需要野蛮的感情。我听到银铃般的笑声，原来是一对似曾相识而又陌生的眸子。我又在手指舞厅的黑暗中寻求新奇了，一心以为新的刺激可能变成酒的代替品。但是过分赤裸的感情，缺乏神秘性。隔一层纱，人与人之间的关系遂有了朦胧之美。我想喝酒。我依旧极力抗拒酒的引诱。走出舞厅，没有一定的去处。不敢经过酒吧门前，结果在皇后道边看橱窗。我是一个世纪病患者，极想变成诺言的叛徒。那夜总会的灯饰属于明天的，南美来的胴体使男宾们的血液流得更快。酒。酒。酒。每一只桌子上都有酒。萨克斯风永远不会觉醒的发抖的声音也含酒意。酒。酒。酒。每一个宾客手里都有一杯酒。只有我是叛徒。我面前放着一杯咖啡。七彩的灯光在纷乱中变成惊飞的群鸟，那南美来的胴体在掌声中消失。我是一个寻梦者，企图在梦中捕捉酒的醇味。说起来，倒是不容易解释的。我竟与自己宣战了。我的心绪很烦。忽然记起一句庸俗的话语：昨天已死去。其实，明天也没有什么好的。明天一定会变成昨天的。酒。酒。酒。那含有酒意的微笑最诱人。那含有酒意的鼓掌，声声皆叩我心。我必须离开夜总会，让夜风吹去我的困惑。坐在电车上，想到加缪的名言而失笑。法国智者说了一句俏皮话，就有一百个中国诗人争相引用。人类多数是愚昧的，都在庸俗的闹剧中扮演小丑。这是一个病态的世纪，读过书的人皆不健康。我欲睡了。街风猛叩车窗，不能将乘客们嘴里吐出来的烟霭吹去。骆驼烟。朗臣打火机。一条淡灰而绣着红色图案的领带。售票员一再用手背掩盖在嘴前打呵欠，可能是想起了正在熟睡中的虾仔与阿女。酒。酒。酒。不喝酒，连这座多彩多姿的城市也要伸懒腰了。月光似银的流苏，夜街极静。走进士多买一包香烟，却看到了几排洋酒。（何必这样虐待自己呢？我想。）于是又回入士多。（不能，不能，绝对不能这样做！我想。雷老太太救了我的命，并将她的积蓄全部交给了我，如果我还有一点人性的话，就不能再喝酒了。）于是走出士多。夜渐深，四周静得很。我惊诧于自己皮鞋声的嘹亮。（渴死了，不如到夜总会去喝几杯。她一定不会发觉

275

的，我想。）于是拨转身，准备到夜总会去喝几杯酒。走到夜总会门口，我又趑趄不前。（不，不，我不能欺骗她。我可以欺骗自己，但是绝对不能欺骗她。她是一个好心肠的老年人。她的精神虽已失去平衡，但她是一个好心肠的老年人。我可以欺骗自己，但是绝对不能欺骗她！）于是转身，挪步回家了。月光似银的流苏，夜街极静。很渴，而且身上有足够的零钱买酒。（我必须控制自己，不能变成酒的奴隶。但是……如果我单独到夜总会去的话，坐在角隅处，她一定是不会知道的。我何必虐待自己？酒，具有一种特殊的力量。许久以来，我已经没有尝到酒的味道了。现在，正是喝酒的好时光。我何必虐待自己？人生就是这么一回事，太认真，自己吃苦。不如糊涂些！酒不是毒药，没有什么可怕的。我的心情如此恶劣，不趁此喝几杯，一定会闷出病来了。我应该替自己着想。那雷老太太虽然待我这么好，究竟个是我的亲娘。事实上，就算是我的亲娘也不一定要听她的话，我是我自己，别人不能支配我。当我想喝酒时，我应该喝个痛快。）这样想时，我又站在夜总会门口了。我下了最大的决心推门而入，选一个角隅处的座位。酒。酒。酒。一杯。两杯。三杯。四杯。五杯。我仿佛在遥远的地方遇到了久别重逢的朋友。我很快乐。（酒是我的好朋友，没有一个朋友能够像酒那么了解我！）一杯。两杯。三杯。我不觉得孤独了，我有酒。酒是一种证明，它使我确信自己还存在。于是我得到了满足，一切都显得那么和谐，那么安详。有人在跳薯仔舞，看起来仿佛一群踱着绅士步的鸽子。墙壁上划着一些抽象的线条，多看几遍，也领悟出一个道理来了。我想起一座拱形的桥，桥的右边奔来一个男人，桥的左边奔来一个女子，最后在桥顶相遇，正当乐声来自天际的时候。这是极其美好的，虽然是一瞬即逝的意念。我看到两片橙色的嘴唇，贴在一只玻璃杯的边缘。那浅若燕子点水的微笑，似曾相识，又极陌生。我无法捕捉失去的意念，一切都是那么容易消逝的。快乐会消失。痛苦也会消失。这个女人的美丽像一首无字的诗，较之那些"文字游戏"高明得多了。于是我走进了安徒生的王国，想在爵士音乐的嘈杂中寻求天真。刺耳的铿锵，以及非洲森林里的鼓声，合在一起，正在进攻理性。一切皆不停顿，黑夜突然出现璀璨的云霞。我的额角在沁汗，但是她却笑得如此歇斯底里。有狂热在我内心燃烧，又仿佛关在笼子里得不到自由。我欲追寻答案，却无法领悟这人生的奥秘。还是多喝一杯吧，酒是一架火车，在糊涂的仓促中，从一个开始，将我带到终结。于是我讨厌太多的灯光。事实上，更讨厌太多的眼睛。（这是一个龌龊的所在，我想。）她的肤色是那么的白皙，只有龌龊的思想给糖衣包裹着。一切都是龌龊的，连这里的音乐也是。（墙角也许会有好奇的蜘蛛，正在偷窥人类的疯狂。）感情脱去衣服，抓不到任何东西来掩饰它的羞惭。年轻的时候，笑是一种力量。年老的时候，白发是一种讽刺。只有对于那些中年人，酒遂成为最好的伴侣。表已停。鼓手的脸色依旧那么健康。谁还记得江南的杏花与春雨？谁还记得小河里的乌篷船？一个秋日的傍晚，狮子山下的庙宇，晚钟锵锵，林中的群雀同时惊飞。我向往于庙堂里的宗教气氛，又不能凭借菩萨的指引摆脱现实的苦难。后来，我学会吸烟。后来，我学会到小舞厅去购买廉价的爱情。后来。我学会从银幕上追求童年的梦。后来，我学会撒谎。后来，我学会喝酒。酒带给我一个彩色的境界，又带给我一片空白。那时候，我年纪刚过二十。霞飞路上的梧桐树。亚尔培路的回力球场。弟弟斯的烤小猪。五十岁出头的白俄女人。越界筑路的赌场。伊文泰的胴体展览。……都是迷人的，都没有酒好。那是一个有着厌世心情的舞女，她说她喜欢我的眼睛。然后我们有了不经意的约言，在兆丰花园的大树底下。我不知道她有一张善于撒谎的嘴，甘愿做她的奴隶，将自己的一切都交给她了。她常常带我到洪长兴去喝酒。我竟没有醉过一次。我一再夸耀自己的酒量，她却笑眯眯地对我说：有一天，你会醉的。过些时日，我果然醉了。那是她辍舞的日子，当我知道她决定嫁给棉花大王时，我独自走去洪长兴，醉得连方向都辨不清。那时候，我年纪刚过二十。从此，酒变成一种护照，常常带我去到另外一个世界。我未必喜欢空白似的境界，只是更讨厌丑恶的现实。有一个时期，我习惯在雾里重庆喝白干。有一个时期，我习惯在雨中故乡喝黄酒。有一个时期，我几乎每天坐在尖沙咀的那家小餐厅里喝威士忌。然后我结识一个虚荣而无知的女人，我以为她是十分善良的。她劝我戒酒。我戒了。然后我们结合在一起。我发现她对幻梦的追求不遗余力。有人说：她被一个抽鸦片的老戏子糟蹋了；有人说：她用自己的青春去勾引老人。总之，都是丑恶的事情。我想到了酒，当我离开那个女人后。悲剧不可能变成喜剧，酒则像剪草机一般，将路上的荆棘剪平了。不过，那颗心，却从轻快的"玫瑰期"转入忧郁的"灰色季"。朋友们说我是傻瓜，我不肯承认。我常常对自己说：有一天我会重获失去的源泉。好几次，我欲重建一座城。大雨倾盆时，力量投入酒杯。猎者的枪弹未能命中，那野鸭仍在空中振翅而飞。……那些都是过去了的，想寻找它的细节，竟会如此困难。往事如街边的行人，刚遇见，瞬即离去。只有太阳是去了会再来的，人的道路绝对不是一个圆圈。开始与终结，只是一条线上的两个点。我是颇有几分胆量的，一度在这条线上舞蹈过，受过几次惊吓后，也善怯似老鼠了。日子像水般流去。日子像长了翅膀的鸟类飞去一个遥远的地方。我曾经见过不少奇事：一个站在太阳底下的人竟会没有影子，一个眼睛里会伸出手来的白粉道人，一个因为忍受不了饥饿而将自己的灵魂出售给魔鬼的学者，一个没有心脏的举重家，一个动了真感情的女明星，……这些都是记忆中的火花，偶然的一现，也能产生奇趣。但是记忆中并不完全是这种奇趣的火花，相反地，大部分倒极其冷酷无情。我不能不喝酒。我不想寻找自己，宁愿经常遗落在一个不可知的境界。我的伴侣，看来是个很有趣的女人。我不知道她姓什么叫什么，更不知道她怎么会跟我在一起的。我拿了一百块钱给她，她笑得很媚。我吩咐伙计埋单，想回家去用睡眠来忘掉自己。我认为这样做，对我也许会有点益处。当我从迷蒙意识中度到清醒时，我发现她依旧睡在我身旁。我是不愿意这样做的，但是我竟这样做了。我翻身下床，拿了二十块钱给酒店的伙计，走到外边，阳光刺得我睁不开眼。我讨厌阳光，因为它正在凝视我的赤裸心欲。不止一次，我在醉后的蒙昧中向妓女购买廉价的爱情。我常常后悔，却又常常觉得可笑。我必须责备自己，不应该用酒去灌浇自己的任性，更不应该宠坏自己的感情。事实上，这样做不但得不到什么，可能会引起精神的痉挛。天气尚未转暖，翻起衣领，双手插入裤袋。从士敏土的人行道走回家去，经过报摊，投以习惯的一瞥，看到了《前卫文学》第三期。（麦荷门是一个倔强的傻瓜，我想。）我对文学的狂热未必完全消失，但是我竟连目录也不肯看一看。我是不希望有个镀金的灵魂的，却惧怕黑色占领我的心房。有人认为智慧是上帝的礼物，我极力反对这样的说法。我认为智慧是魔鬼手制的药丸，吞得多的，烦恼也多。于是想起了一个朋友。此人十分勤奋，曾经以两倍于曹雪芹撰写《红楼梦》的时间去研究脂砚斋的评语。他现在已经五十多了，读到《春柳堂诗稿》时，比探险家寻获宝藏更喜悦。（这是十分可悲的，那些吞服太多魔鬼药丸的人。）我自己已经悟彻了没有？这个问题很难解答。不过，在目前这种情形之下，酒的吸引力仍大。回到家里，雷老太太正在耸肩啜泣。我问她为什么流泪，她问我为什么彻夜不归。我叹了一口气，她竟放声大恸。我一向讨厌女人哭泣，尤其是年老的妇人。（我有我的自由，没有理由受她管束。她虽然救了我的命，而且送了钱给我，但是我有我的自由。我愿意做些什么，她管不着！我愿意在外过夜，那是我自己的事。我喝酒，因为我需要喝酒。我玩女人，因为我需要玩女人。她是一个姓雷的老太太，与我毫无关系，没有理由约束我的行动！）于是，我又退了出来。雷老太太哭得更加哀恸，声音尖得很，跟刚割破喉管的母鸡一样。我怕听这种声音，愤然出街。阳光仍极明媚，这是一个美好的日子。我的心仍在落雨，无法驱除莫名的哀愁。走进茶楼之前，忍不住在报摊上买了一本《前卫文学》。我不敢喝酒，又不愿意思念雷老太太。坐在大茶楼的阁仔，要一壶普洱和两碟点心，然后翻开手里的杂志。我看到一个"诗"特辑，编排的形式相当新颖，然而那只是一堆文字游戏。"诗"的本身缺乏甚至完全没有诗素，而作者不能技巧地运用文字去表现意象，结果变成没有意义、没有中心的铅字堆砌。文学作品贵乎独创，每一个爱好文学的人都知道。但是，独创必须具备充分的解释。近年来，由于少数优秀诗人的努力，似乎已经摸索出一条道路来了，大家都在期待，以为不久的将来即可读到伟大的诗篇。不料，真珠刚出现，鱼目就似潮水般涌至。读者浪费太多时间与精力，文字游戏式的"诗作"依旧层出不穷，继续发展下去，新"诗"的文字总有一天变成万花筒里的彩色碎玻璃了。《前卫文学》第三期以巨大的篇幅特辟诗专辑，用意至善，但效果是相反的。如果文字游戏或铅字的堆砌也能算作新诗的话，新诗就到了 Dead End。如果只有一两个人在戏弄方块字，那还不足为患。可忧的是：文字游戏式的新诗已经变成一种风气了，我不明白麦荷门为什么要辟这么一个专辑？是不是其他部门找不到理想的稿件？因此，我翻了一下译文部分，依旧选择一些旧材料，没有新鲜的东西。至于创作部分，也和第二期一样，不够充实。三个短篇的表现方式都极陈旧，像极了五四初期的作品。唯其如此，我很替麦荷门担忧了，麦荷门浪费了他母亲的积蓄，又浪费了他自己的时间与精力，办这本有名无实的《前卫文学》，实在是一件令人惋惜的事。我向伙计要了一杯酒，我必须为自己的前途筹算一下。为了生活，我走过通俗路线。在香港，撰写商品固可换取生活的安定，然而究竟是无聊的。我应该设法找一份固定的职业，虽然并不容易。我又喝了几杯酒之后，走出茶楼。没有一定的去处，只管漫无目的地搬弄脚步。……我是一只蚂蚁，在一个狭小的地方兜来兜去，却不知其狭小。蚂蚁要觅食的，它的求生欲也极强烈。我失笑了，觉得自己的愚蠢乃属与生俱来。走进告罗士打，要了威士忌。只有酒是美好的。酒是主宰。酒是神。酒是游子的知己。我无法探求人生的最终目的。对于我，喝酒是一件很重要的事。但是酒不是空气与阳光。它是需要用钱去购买的。为了喝酒，我就得设法找钱。否则，将雷老太太送给我的钱花完之后，又怎样过日子？我想起那个出版社的老板钱士甫。他是一个庸俗的文化商人，以盗印他人著作起家，如今已俨然大出版家了。过去，我曾经向他求售自己的小说，他扁扁嘴，将头偏过一边，说是即使不要版税，也不愿意出版这样的小说。多么可恶的家伙，但是我竟会在这个时候想到他。我将钱士甫当作一个人，但是他不是人。我希望他能给我一个编辑工作，他扁扁嘴，将头偏过一边，表示不能考虑。我说我的处境相当窘迫。他说他最怕文艺。我说我不但会写武侠小说，而且会写黄色的故事新编。他笑了。他说"会写"与"叫座"是两件事情。他可以找到一百个会写武侠小说的作者，但是很难找到一个叫座的。我的视线突呈模糊，为了维持这么一点自尊，不能不马上退出。处身在两座高楼大厦之间，遂显得特别渺小。一切静止的东西都有合理的安排，唯人类的行为经常不合逻辑。情感与升降机究有不同，当它下降时一若物体般具有变速。三月的风，仍似小刀子般刮在脸上。我又去喝酒了。我遇见一个醉汉，竟硬说我偷了他的眼睛。我觉得他很可笑，却又不能对自己毫无怜悯。（他是一面镜子，我想。当我喝醉时，我也会索取别人的眼睛吗？）群众的脸。群众的笑容。只需三杯酒，一切俱在朦胧中淡出了。理智是可以洗涤的，单用酒液，就永远洗不干净。玻璃窗上的雾气，不准眼睛窥伺现实。耳际传来纳金高①的磁音，空间遂有了美丽的装饰。那个醉汉还没有走，咧着嘴，硬说这个世界有太多的维他命。我觉得好笑，因为我仍能保持清醒。这是一串很长很长的列车，车上只有我一个乘客。车轮在车轨上辗过，发出单调的韵律。第一次，我认出寂寞是一只可怕的野兽。我讨厌时间，企图用餐刀切去半个白昼。神是那么的刻板，总不肯将夜幕提早扯起。再来一杯酒，这是我最需要的东西。墙上有只蟑螂，但是它不像是个狡黠的家伙。啪！有人用木屐将它击死了。生命就是这么一回事，纵有千万希望也经不起这轻轻的一击。谁相信爱因斯坦是为了探求死亡后的真实而自杀的？妖精们都知道吃了唐僧肉可以长生不老，但是唐三藏自己却无法避免他的最后。我们必须寻求快乐吗？聪明如叔本华之流也无法解答这问题。然而用世俗的眼光来看，不快乐的人对尘世倒是不太留连的。（所以，多喝一杯

---

① 纳金高（Nat King Cole，1919 年 3 月 17 日—1965 年 2 月 15 日）是第一位在电视上主持综艺节目的非洲裔美国人，以出色的爵士钢琴演奏和柔和带磁性的男中音闻名于世，被公认为美国音乐的重要代表之一。

吧。）我发现我的眼睛给人偷去了。我哭。我向伙计索取眼睛。伙计笑。其他的食客也笑。笑声似乱箭，从四面八方射入我的耳朵。（太可怕了！太可怕了！我必须离开这里。）街灯也在笑，我找不到可以躲避的所在。前面有个电车站，很近，又仿佛十分遥远。笑声变成浪潮了。我随时有被淹死的可能。我大声呼唤，但是一点用处也没有。我变成人生舞台上的小丑。

# 43

当我睁开眼来时，窗槛上摆着一只瓷花瓶，瓶里有一朵开始萎谢的玫瑰花，在晨风中，懒洋洋地摇曳着。

（如果不是因为喝醉了，我是不会忘记关窗的，我想。但是谁送我回来的？）

记忆犹如毛玻璃，依稀有些轮廓，但是模糊不清。极力思索，才想起有人曾经用木屐打死墙上的蟑螂。除此之外，全不清楚。

阳光极好。几个学童在对面天台上放纸鸢。这是星期日的早晨，教堂的祝福钟声止在制造安详的气氛。我是做了一场梦的，梦见两条线的交叉。

多么荒唐的梦。多么荒唐的现实。我是一个荒唐的人。

应该起身了。一只小麻雀的突然出现使我好奇心陡起。我欣赏这失群的小鸟如何用优美的姿势在窗槛上跳跃。记得小学读书时，曾经在同乐会上表演过《麻雀与小孩》。那是很久很久以前的事了，如今想起来，仍会脸红。

麻雀在窗槛上啄食。窗槛上有一片枯萎的花瓣。我担心晨风转劲时，会有更多花瓣掉落。麻雀不可能愚蠢得将花瓣当作食物。

——哟……

一声尖锐的叫声。麻雀振翅惊飞。我本能地翻身下床，拉开房门，匆匆走出去，发现雷太太呆若木鸡地站在老太太门边。雷太太睁大一对受惊的眼，双手掩在嘴上。

顺着雷太太的视线，我走到雷老太太卧房门口。我见到了最悲惨的一幕：雷老太太仰卧在床上，左手执着一把小刀，右手的脉门被割破了。雪白的床单上有血，地板上也有血。

雷先生伏在老太太的身上，饮泣不已。

蹑足走进去，我伸手按了一下雷老太太的额角。冰一般凉。这位慈祥的老太太已离开尘世。

——为什么？我问。

雷先生哭得非常哀恸，没有回答我的话。我走入客厅，问雷太太：

——为什么？

——昨天晚上，你喝得醉醺醺的回来。老太太责怪你不应该喝这么多的酒。你火了，大声咆哮。

——我说些什么？

——你说你不是新民，也不是她的儿子！

——她怎样表示？

——她流了泪水，但是仍不生气。她说话时，声音抖得厉害。她说：新民，你为什么又醉成这个模样？

——我怎样回答她？

——你两眼一瞪，好像存心跟她吵架似的嚷起来：神经婆，别新民长新民短的，叫人听了刺耳！赶快擦亮眼睛，仔细看看清楚，究竟我是不是你的儿子？

——后来呢？

——她哭了，拍手跺脚哭嚷起来。我们尽量设法劝她，但是一点用处没有。她说她生了一个逆子，没有理由继续活下去。我们以为老人发过牢骚就算，想不到她竟会用小刀割破自己的脉管！

这是昨天晚上的事。我在大醉中用恶毒的言语杀害了一位慈祥的老人家。她一直待我很好，然而我竟做了这么一件残酷的事情。我应该走进老太太的卧室去求取她的宽恕，但是我没有勇气这样做。我开始怜悯自己了，犹如孤儿一般，独自闷坐房内，流了不少眼泪。我的思虑机构突然失灵，事实上也并不需要什么思想；不过，在清醒时发生这样的情形，还是第一次。我只是用泪眼凝视那摆在窗槛上的瓷花瓶以及插在瓶中的那枝开始萎谢的玫瑰花。雷老太太是个朴实的妇人，对玫瑰花又有特殊的爱好。我不得不反复祈祷，希望能够获得心灵上的平静。整整一个上午，我茫然若失地坐在窗前，耳畔有人叫我"新民"，这声音来自遥远处，又仿佛来自我心中。如果我是雷新民的话，我倒是有福了。人类关系总是这么奇妙的，血液倒有点像感情的胶水了。一位精神病患者的自杀，原不会引起巨大的哀恸，但是我为什么老是坐在那里发呆。那朵玫瑰花正在萎谢中，已经完全失去被欣赏的价值。我想不出任何理由来解释自己的感情，竟对一朵萎谢的花朵发生了爱恋。我贪婪地凝视着它，怀疑自己的感情放错了位置。我不能了解自己，但觉焦灼不安。我的理性刚在盐水中浸过，使我无法适应当前的环境。我必须搬家，始可摆脱一切痛苦的记忆。

这天下午，我在日记簿上写了这么一句："从今天起戒酒。"但是，傍晚时分，我在一家餐厅喝了几杯拔兰地。

一九六二年作

# 附　录

# 我为什么写《酒徒》

—— 在港大香港文化课上的发言

刘以鬯

感谢梁秉钧博士安排我与各位同学见面；感谢各位同学花了时间、精力和金钱阅读我的《酒徒》。

作者谈自己的作品，难免"卖花赞花香"之嫌，相当尴尬。实际上，艺术作品的含糊性，除了作品本身，很难产生完全的解释。

纵然如此，为了答谢梁博士与各位的好意，我还是愿意谈一谈的。谈得不好，请原谅。

我有意趁这个机会告诉各位：我为什么要写《酒徒》？

## 寻回自己

我写《酒徒》的第一个促动因素是：在忘掉自己的时候寻回自己。

刚才提到的那句俗语"卖花赞花香"，当然不是说我曾经卖过花。不过，为了生活，卖过文，倒是千真万确的。

卖文，因为做编辑的收入太少。我在香港做了几十年报

刊的编辑，每个月拿到的薪水，只够付房租，不卖文，无法
应付生活所需。

香港是一个商业社会，用心写的文章不容易卖出，容易
卖出的文章多数是媚俗的。因此，当我企图将卖文作为谋生
工具时，我必须接受金钱控制文学的事实。

为了稿费，我写过很多"娱乐别人"的东西。这种东
西写得太多时，就会失去自己。我是文学爱好者，有时难
免产生寻回自己的冲动。为了这个理由，在卖文售字的
同时，我写过一些"娱乐自己"的文章。《酒徒》是其中
之一。

## "酒后吐真言"与"酒后失言"

写《酒徒》的第二个促动因素是：我要通过一个文人的
感触点来反映香港社会的某些现象，特别是文学因商品化与
庸俗化的倾向而丧失特质特性的事实。我有意在小说中说些
坦率的话语，这些话语肯定会引起某些人的不满。因此，我
决定以一个酒徒作为这部小说的主人公，讲一些"酒话""醉
话"。"酒后吐真言"，会加强小说的真实度；"酒后失言"，可
以得到某些人的宽恕。

## 对新文学的看法

第三个促动因素是：我对"五四"以来的新文学有一些看法。这些看法，不一定能够得到别人的认同，我却愿意借酒徒之口将这些看法说出来。我认为"五四"以来虽然有过一些好作品，可是特别好的作品很少。另一方面，有些优秀作家如端木蕻良、台静农、穆时英等的作品，竟有一个很长的时间没有得到应得的重视。

## 写一部与众不同的小说

写《酒徒》，虽然运用了意识流技巧，却与詹姆士·乔也斯的《优力栖斯》、威廉·福克纳的《喧嚣与骚动》、浮琴妮亚·吴尔芙的《浪》不同。我无意临摹西方的意识流小说，也无意写没有逻辑的、难懂的潜意识流动。意识流就是一种技巧，任何人都可以利用这种技巧写出具有个人风格和特色的小说。

我在初中读书的时候，就喜欢在课余阅读文学作品，特别喜爱现代派文学。我十七岁时写的短篇小说《流亡的安娜·芙洛斯基》，即使写得很糟，也可以看出我是倾向"现代"的。此外，三十年代文坛出现的"差不多现象"，给我的印象很深。我觉得写小说应该走自己的路，尽可能与众不同，使作品具有独创性。

## 诗与小说的结合

我在《酒徒》初版的《序》中，一开头就说了这样的话：

"由于电影与电视事业的高度发展，小说必须开辟新道路。"

所以，在《酒徒》中，我借麦荷门之口问："柯恩在《西洋文学史》中，说是'戏剧与诗早已联盟'，然则小说与诗有联盟的可能吗？"

这样问，因为我相信这是一条可以走的道路。因此，写《酒徒》时，我故意使诗与小说结合在一起。我不会忘记J.M.柯恩讲过的话："诗是使文学继续生存的希望。"

以上五个促动因素使我在六十年代初期写了《酒徒》。

一九九三年九月七日初稿
一九九四年七月十三日修改

## 小说技巧刍论（节录）

李英豪

刘以鬯《酒徒》中对此种流动的运用（现实之夸张与隐喻），同样最能将失去焦点之现实，在割切与想象间跃出：

> 成千成万的星星。万花筒里的变化。希望给十指勒毙。谁轻轻掩上记忆之门？……解剖刀下的自傲。蚝油牛肉与野兽主义。嫦娥在月中嘲笑原子弹。思想形态与意象活动。……思想的再一次"淡入"。魔鬼笑得十分歇斯底里。……（第八章）

此种自由联想之方法与乖张，无非借个人在这醉生梦死的社会的醉态，（可能就是内在的醒觉；有如小说中那个经神失常的雷老太，可能就是失去均衡人类社会中仁爱的象征，这个社会仁爱不能容许永存，故雷老太在假象破灭时也得自杀。）显现生存中双重现实的失谐。……

（原载《好望角》第六号，一九六三年五月二十日）

# 解剖《酒徒》（节录）

　　《酒徒》是一部具有创意的小说，但却并不引起出版界或批评界的注意；它是中国第一部意识流小说，自"五四"以来，穆时英以后，心理小说上的一次新的转机，一种大胆的尝试，一个创新的实验。

　　《酒徒》全书除了卷首的序言以外，共分四十三章，最长的一章约一万字左右，如第十一、十二、二十六、三十一章等；最短的一章只有十二个字，即第十四章。全书以一种周旋的循环形式进行，往往以主角用酒来麻醉自己的意识开始，又以酒醒后回到现实的世界里来作结，在醉与醒之间作者展露给我们的是个艺术家的潜意识的世界，在那里梦幻、现实与回忆都交织在一起。若要了解《酒徒》的内容，必先要了解它的形式。在全书中，从现实到梦幻，再从梦幻到现实，甚至梦与梦，梦与现实，现在与过去，意识与潜意识之间，完全没有清晰明确的过渡桥梁，剩下的只是从一系列的思想跳跃到另一组互异的系列去，或从一件事跳接到另一件事去，于是思想与思想之间，事件与事件之间，往往没有合乎情理的联系，这是意识流小说里典型的"没有情节的情节"（plotless plot）。这是"超逻辑"而非"不合逻辑"，因为心理世界里根本没有时空的樊篱存在，在思想的川流里，意识可以任意在过去、现在与将来之间往复浮游，现代人的思想不就是这样混乱、无理和缺乏逻辑的联系吗？当然，刘以鬯先生受柏格森的哲学影响颇深，柏氏视心理的时间为一个向山下滚动的雪球，在滚动过程中不断沾以新雪于其上，于是雪球便越滚越大，与此同时，时间不断地在伸延与持续，"过去"的时间在持续的过程中，包容在"现在"的时间之下，而"现在"的时间再盖以"将来"的时间于其上，于是"过去""现在"与"将来"，永远存在于时间的川流里，没有任何的一节时间做永久的消逝或脱节，而"过去"就永远存在于"现在"里，记忆是贯串时间的川流的媒介。再者，詹姆士·乔也斯，和浮琴妮亚·吴尔芙给予刘以鬯的启示显而易见。正如吴尔芙所说："生活并不是排列整齐匀称的一串镜片，而是一个光亮夺目的晕轮，一个半透明的包袱，它把我们的意识彻头彻尾地裹在里面。让我们把落入心里的个别思想按照它们出现的次序记录下来，并且要描摹出每一视像和刻画在意识上的样式，不问它是怎样的片断不相连贯。"又正如乔也斯"苦心孤诣写出脑海中闪现讯息那种内心发光的火焰。"于是《酒徒》中的主角的意识的跳动，就正如《一个青年艺术家的写照》《优力栖斯》里的史提芬 ①，和《浪》里沉

---

① 史提芬今通译斯蒂芬。

浸于内心独白中的六个人物。《酒徒》中的主角是一位具有艺术良心的职业作家，不满现实便常常借酒消愁，遁入潜意识的梦幻世界去，从第一章开始时他便喝醉了，再跳到第二章他喝醉后对出版商的愤恨，对他们做潜意识的报复。到第三章时，他又喝醉了，便紧接第四章酒醉后对过去的回忆。第五章的三度醉酒便接上第六章的魂游太虚幻境。到第十章时，他不喝酒而改服安眠药，于是便立即转往一九九二年"第三次世界大战"①后的世界去，潜意识的混乱到第十一章时更变本加厉了，祈克果竟然与林黛玉通信，D.H.劳伦斯在《西厢记》的红娘面前示威，力夸他的《查泰莱夫人的情人》比《金瓶梅》更伟大，比《西厢记》更彻底。第二十五章他梦见《优力栖斯》《追忆逝水年华》《魔山》《喧嚣与骚动》《堡垒》等书在香港被禁了，"历史课本重新写过，说'五四'运动的结果是章士钊领导的复古派获胜，老百姓一律不准用白话文写作。"在第十二章他曾对艺术有过很高的期望，曾替电影公司撰写文学剧本，可惜薪酬得不到。到第二十六章时，他才发觉被骗了，导演说电影公司拒绝拍他的剧本，其实暗地里却将之改头换面地拍成了电影。这是他对文学工作所抱的理想的第一次幻灭。第二次的幻灭在第三十三章，他和朋友创办的《前卫文学》杂志因血本无归而要停刊了，他决意以流

---

① 指二战后的冷战思维。

行小说去取悦读者来养活自己。到第四十章是他的理想终于冰消瓦解尽了，连思想都胡乱起来，意识竟被打成碎片：

> 红豆沙。莲子茶。鲜虾云吞面。日本肉弹献演热舞。妖精打架。每套五蚊。两个男人在梯间造爱。第一班良驹短途争霸。怎样挽救世道？天台木屋里有人放映小电影。（第四十章）①

这足以见到一位理想幻灭后的作家的意识上的空泛，思想上的贫血。他对文学工作理想的两次幻灭，他梦见一切现代艺术与文学在香港被禁，都显出功利主义给予他的压抑，他潜意识里所受到的精神伤害，亦表示冬烘学究对他的浪漫主义和超现实主义的文学观的排斥。他根本想洗掉记忆里的一切，他说："记忆中并不完全是这种奇趣的火花，相反的，大部分倒极其冷酷无情。我不能不喝酒。我不想寻找自己，宁愿经常遗落在一个不可知的境界。"（第四十二章），容我大胆地说一句，《酒徒》的职业作家实在是本书作者刘以鬯先生的忠实写照，那些痛苦与煎熬，那些喜怒与哀乐，那些理想与绝望，那些智力范围以外的记忆，都是刘先生的自剖，于是全书就成了作者的忏悔录。刘先生透过主角的回忆、感觉

---

① 引文内容据《酒徒》1963 年 10 月初版本，出处改标章码，下同。

及幻想来勾画自己，遇到主角的"内心独白"时，他故意省去一切标点符号，甚至段落都不要，来忠于意识的川流不息，如第六、三十二、四十二章。他感觉到写实主义的字汇被人用得残破而缺乏弹性，唯有重新组合一套具暗示性和富象征性的语言，才可将个人的底层意识显现出来，例如：

生锈的感情又逢落雨天，思想在烟圈里捉迷藏。……雨滴在窗外的树枝上霎眼。雨，似舞蹈者的脚步，从叶瓣上滑落。（第一章）

固体的笑犹如冰块一般，在酒杯里游泳。（第一章）

魔鬼骑着脚踏车在感情的图案上兜圈子。（第八章）

皮鼓声在氤氲的烟霭中捕捉兴奋。（第十七章）

三杯马提尼诱出了十七年的大胆。（第十七章）

缝纫机的长针，企图将脑子里的思想缝在一起。（第二十二章）

这都是将抽象的思想具体化了，这不是一般写实或自然主义小说惯用的字汇，而是纯粹的诗的语言，是将诗与小说做结合的企图。

最后，我要指出的是刘以鬯先生过去曾从事过严肃的文艺工作，当然他后来从事流行小说的写作，是有他的苦衷。在《酒徒》里，我们可以看出他的文学理想："首先，必须指出写实主义不足以表现错综复杂的现代社会；其次，我们必须有系统地译介近代外国优秀作品……第三，主张作家采用新写实主义手法，探求内在真实……第四，鼓励任何具有独创性的，摒弃传统的文体……第五，吸收传统的精髓，然后跳出传统；第六，在'取人之长'的原则下，接受并消化域外文学的果实，然后建立合乎现代要求而能保持中国作风气派的新文学。"（第二十三章）到全书接近尾声时，他猛然醒觉到"香港这个地方，不容易产生第一流的文学作品，也不容易产生第一流的文学杂志。环境如此，不能强求。"（第三十七章）放下了《酒徒》，我轻叩心扉问道：在香港的功利主义社会里，艺术有何用途呢？即使出版了《酒徒》一本这样好的作品，又能起什么作用呢？

（原载《中国学生周报》第八四一期，

一九六八年八月三十日）

# 刘以鬯及其文学成就（节录）

梅　子

英国作家亨利·詹姆斯认为："小说必须严肃地对待自己，才能让公众严肃对待它。"刘先生一九六二年十月写《酒徒》初版序时，所以要在文末意味深长地申明："这些年来，为了生活，我一直在'娱乐别人'；如今也想'娱乐自己'了"，我想，那主导思想除了"写'行货'写到腻烦时，总想写些严肃的东西作为对自己的一种补偿"外，更重要的也许就是他与詹姆斯有相似的见识。实际上，刘先生决定排除万难、用笔来"娱乐自己"时，公道的文艺之神已经和公众一道，感受到了他正直的艺术良心散放的馨香、闪射的光热，欣然将一席真正的作家的座位标上了他的名字。并非所有写惯"行货"的人都能够这样来自我补偿的，这里有一个最基本的条件，就是：作家要有对他所"心向往之"的崇高艺术目标的执着，对他美学理想的责任感；当然，他也断不能缺少才具。刘先生用自己的辛勤创作，一再证明：他具备了上述所有条件，因而，他之所以有今天的地位是实至名归的。

长篇名作《酒徒》是一个明显的例证。这是作者"娱乐自己"的作品较早结集的一部。它写的是"一个因处于这个苦闷时代而心智不十分平衡的知识分子怎样用自我虐待的方式去求取继续生存"的故事。小说没有离奇曲折的情节，也不设令人血脉偾张的高潮，作者通过书中的"我"——这个戒不了酒的酒徒在醉与醒之间的浮沉，在一步一步沦落为不可救药的"多余者"过程中的挣扎，一个个带出了我们这个拜金社会滋生出来的那些"特定人物"。这当中有势利女人张丽丽、早熟放荡的少女司马莉、被侮辱与被损害者杨露、渴望爱情的包租婆、卑鄙的文化骗子莫雨、热情很高能力不足的文艺"傻子"麦荷门……这些人物的交叉活动，都带着他们各自身份的特色，增加了作品背景的繁复和立体感，使故事的单线进行照样吸引了读者的兴趣。"我"对他们或厌或同情的态度，恰好反映了作者的憎与爱、绝望与理想。这样说，最主要的依据是：酒徒身上借有作者较多经验，特别是在对价值的判断上，这一点尤为明显。但这绝不意味着笔者同意有些论者的这样一种看法，即认为酒徒就是作者本人的写照。因为正如刘先生在接受访问时所指出的："一个写得成功的小说人物，绝不是因为他是作者自己，而是因为很多人都可以从中找到他们的影子。"质言之，酒徒是一个典型，一个商品社会里除却编写旁无专长、善心未泯但意志薄弱，因而始终逃不脱"谋求稻粱身不由己"这一悲惨命运的职业作家的典型。他的出现，从本质上映现了铜臭熏天的社会对正派文学艺术排斥、摧残的事实。《酒徒》在这个意义上讲，不啻是了解社会的一面镜子。评论界所以将它看作是香港文学代表作之一，我以为这是一大原因。作为作者直接表达一己对某些问题深思熟虑的意见的宣泄口，和一切成功作品一样，《酒徒》还完成了作者赋予的另一个使命，这就是：想了解刘先生对一系列文艺问题的见解，从而把握他的文艺观的读者，不应忽视这本书的重要性。以往的评论对此似乎注意得不够，然而，我们清楚地看到：一方面是"我"主观坚守着自己正派的文艺主张；另一方面，现实屡次表明它远非发展正派文艺事业的沃土，生活一再地迫使"我"屈服，写些不愿意写的东西。这一轮廓，和刘先生的经历颇为相似。不仅轮廓，小说中"我"对许多文艺问题的论述，也几乎都是作者一贯的看法。最为人熟知的如：对"五四"以来小说创作的估价，对这个时代不能产生伟大作品原因的探究（以上见第五章），对充斥新闻报纸上的武侠小说的反感（书中流露多次），对现实主义创作方法生命力的怀疑（见第十二章），对今后文艺工作者应走路向的建议（见第二十三章）等。现实和理想不可调和的矛盾，致使"我"将醉乡当作逋逃薮，在那里寻找短暂的"超脱"。作者以"酒后失言"的方式减轻"我"的苦闷，却暗示读者，那"失言"句句是"真言"。我们在读《酒徒》时，对此，不能不加以特别的注意。刘先生在设计这个方式时，我相信心情一定相当沉重，唯其如此，上述那悲剧性的无法谐调的矛盾才一样沉重地压在我们心上，《酒徒》所以被公认为严肃的杰作，不是偶然的。

《酒徒》是意识流小说。技巧有所借鉴，自在所难免，关于这一点，已有不少评论提及，兹不赘述；笔者要说的是，刘先生在借重意识流这一叙述语言时，那具体的写法却是他自己的。上文提到的情节的单线发展以及人物围绕着"我"逐一牵出又交叉活动的灵活布局固是本书特点，但更重要的特点在于：把诗引进了小说。刘先生在接受某报记者访问时，提到小说与诗结合的问题，他说："诗体小说不是新的东西，不过，这条道路仍可开阔，仍可伸展。……小说和诗结合可以产生一些优美的作品。……诗和小说结合起来，可以使小说获得新的力量。小说家走这条路子，说不定会到达新境界。"《酒徒》在这方面的表现，我以为主要是下列三方面：第一，引进诗的意境。例如：全书开头，这样写下了"我"的百无聊赖和失意：

生锈的感情又逢落雨天，思想在烟圈里捉迷藏。推开窗，雨滴在窗外的树枝上霎眼。雨，似舞蹈者的脚步，从叶瓣上滑落。扭开收音机，忽然传来上帝的声音。我知道我应该出去走走了。……思想又在烟圈里捉迷藏。烟圈随风而逝。屋角的空间，放着一瓶忧郁和一方块空气。两杯拔兰地中间，开始了藕丝的缠。时间是永远不会疲惫的，长针追求短针于无望中。幸福犹如流浪者，徘徊于方程式的"等号"后边。

忧郁、愁苦的心绪附着在飘忽不定的形象（雨、烟圈……）上，在作者营造的诗意浓厚的氛围里"缠"得我们难受。第二，引进诗的节奏。第四章的写"忆"和第六章的写"梦"，虽然前者标点分明，后者干脆连标点也省去，但它们一样使我们想起诗，想起下之琳的《还乡》，想起屈原、李白雄奇的诗句……车辕滚滚、想象骎骎的节奏，仿佛把我们带到动荡的时空、超凡的景象里。第三，引进诗的遣词造句。适当的例子俯拾皆是，姑且引列两句如下：

　　思想凌乱，犹如用剪刀剪出来的纸屑。这纸屑临空一掷，一变而为缓缓下降的思想雪。（第八章）（比喻）
　　春天躲在墙角，正在偷看踩在云层上的足音。（第十二章）（拟人）

"文字之于小说，一若颜色之于绘画。如果小说家不能像诗人那样驾驭文字的话，小说不但会丧失'艺术之王'的地位，而且会缩短小说艺术的生命。"在论文《小说会不会死亡？》中，刘先生曾做出如许忠告，而他自己，原来早就在创作实践中这样去做了。他真不愧是小说艺术先行的革新家。

（原载香港《文艺杂志》季刊第四期，一九八二年十二月）

# 《酒徒》的意义和技巧（节录）①

钟　玲　叶娓娜　王仁芸　王晓堤
姚启荣　黄维樑　陈锡麟

## 《酒徒》的重要意义

**姚启荣：** 很多人都说刘以鬯先生的《酒徒》是意识流的小说。这点我同意。但《酒徒》的重要意义不单在这点上（因为很多小说家都用过意识流的手法），而在内容。《酒徒》的主角是个卖文为生的人，为了生计而写武侠小说、黄色小说。作者写六十年代流落香港的一个中国大陆作家，对现实、社会问题的批判。小说中有很多对"五四"以来作家的看法，某些方面似乎破坏了小说的结构，我却很喜欢这些有关"五四"源流的见解。如果当年这本小说有人重视的话，我们不必等到今天才知道"五四"的传统在哪里。《酒徒》基本上是表达"五四传统"的新见解和香港文化的问题，探讨范围很广泛。相较之下，意识流的表现手法不是那么重要了。作者在六十年代让读者看到"五四文学"的源流及其对我们的

---

① 本文标题系编者所加。

重要性。让我们不但看到作者对社会的批判，也让我们看到整个历史的联系。

**陈锡麟**：刘以鬯的《酒徒》《看树看林》，我读过，很有亲切感。当他追溯一些事时，当时他在那地区，我也在那地区，他当编辑，我从事的工作也和文化事业有关系。《酒徒》里面写的很多都是事实，两个人谈起来，很多人物呼之欲出。

## 《酒徒》的技巧

**钟　玲**：请大家谈谈《酒徒》的技巧。

**叶娓娜**：《酒徒》的意识流写法和诗化的语句充满魅力，不过以巨著的眼光看《酒徒》，辐射面仍不够广。

**钟　玲**：刘以鬯先生写《酒徒》时的心情，不过为了"娱乐自己"，并没有想到要写什么"传世之作"。

**黄维樑**：刘以鬯先生饮酒吗？（众笑）

**姚启荣**：他绝对不饮。

**王仁芸**：他在《酒徒》里写他最关心的事物——在香港商业社会里，任何严肃一点的艺术都没有什么市场价值，有市场价值的，就是刘先生所谓"文字垃圾"。一个职业作家具有艺术良心的话，面对这种现实的确很痛苦。《酒徒》有作者的影子，他对"五四传统"和外国文学一直很关心。书中人物麦荷门想搞杂志，又无眼光，这都是作者亲身经历过的事。

他关心的事是严肃的文学处于商业社会所受的压迫，我一点不觉得《酒徒》的辐射面不够。一些小说不能以它时空的幅度来评价它的高低。香港很少有像《酒徒》用意识流手法写长篇作品的。

姚启荣：当时评《酒徒》的文章有两篇，都是讨论作品意识流技巧。一篇是李英豪写的，一篇是吴振明写的。这么大部作品用意识流手法，在六十年代是相当轰动的一回事。《酒徒》是香港六十年代重要的作品，它反映了整个社会和个人在社会文化的横切面、纵切面的关系。

## 文人小说

王晓堤：我是四五年前看《酒徒》的，其实我没有资格评价这本书。印象中我很喜欢它，很喜欢作品中的义学观点、理论，介绍沈从文的《萧萧》《黑夜》《丈夫》《生》，乔也斯、汤马士·曼《魔山》……现在再读，有个疑问：这样写小说是否是优点呢？我看过杜斯退益夫斯基的《赌徒》，相较之下，觉得刘以鬯先生似乎过分激情，似乎失节制的地方不少。

叶娓娜：我觉得用意识流手法写他的感觉一点不过火，他要表现他强烈的感觉，用意识流的写法是很聪明的。他写得有组织、计划。舒巷城同样在自己作品里介绍书、作品，就不及刘以鬯的让读者信服。

**黄维樑：** 我认为《酒徒》可归入"文人小说"。作家借作品说出一些对文化现象的看法。李汝珍借《镜花缘》讲出他对中国传统思想（儒、释、道）及文艺的看法。《镜花缘》的故事当然吸引读者，但读者可能把故事、情节视为次要，不过作为表达作者意念的桥梁。钱锺书的《围城》也属这类小说。夏志清指出《镜花缘》是 Scholar Novel（文人小说）。《酒徒》出版至今，刚好二十年，当时文化界的不少现象，目前仍存在。——严肃的文学得不到大力推广，色情之类的仍然流行。在《酒徒》中，作者重新评价了"五四"以来的小说。他提出被遗忘、不受重视的作品，要扭转批评的风气。

**王晓堤：** 这些描述和反映商业社会腐败的主题有关吗？

**黄维樑：** 作者对当时身处的社会种种毛病有感于怀，甚至萦绕于怀，因此写了这一部小说，他最痛心疾首的就是这些问题。（作者写的都是他感受最深、最尖锐的问题，如杜斯退益夫斯基之对宗教，艾略脱之对现代文化，刘以鬯在小说里批评文化界的怪现象：例如，笔会的代表连乔也斯是谁都不晓得。作者写这些需要很大的勇气，因为文坛的恩怨，往往就是这样形成的。）《酒徒》是对香港文化透视有真知灼见的一部作品，很有代表性。作品的意识流表现反而是其次的。

**陈锡麟：** 传统小说里作者借作品中人物的口批评书、批评历史的情形比比皆是，《红楼梦》里，曹雪芹就常借贾宝玉、林黛玉批评历史事件、某种文人、某种文体。

**黄维樑：** 中国才子佳人的小说，千篇一律——曹雪芹也提出这样的批评。

（录自《香港小说初探——"文艺座谈会"记录》，
原载香港《文艺杂志》季刊第六期，一九八三年六月）

# 香港小说与西方现代文学的关系（节录）

梁秉钧

刘以鬯的小说《酒徒》的主角不是传统意义的英雄，他充满缺点，但另一方面他也有自己的原则，他有他的软弱，但也有他的智慧。他是一个内心充满挣扎的人物。这种对内心挣扎的正视和描写，也是现代小说的一个特色。现代佛洛伊特等人心理学上的发现，令人对人性有更着实的认识。人的所谓自我并不是那么稳定。现代心理学家如威廉·占姆士①提出说：因为社会固定分配的角色并不能适合我们的身份，令现代人无所适从，个人分裂成几个参差的自我。现代小说中的面具、叙事观点、内心独白、意识流等技巧，多少都基于这类现代心理学的知识而来，尝试更深入地捕捉内心的活动，更透彻地了解人的多重面目。

刘以鬯先生一九六〇年至六一年在《香港时报》编的文艺副刊《浅水湾》，也是香港介绍西方现代文学的一个园地。诗人员娜苔（杨际光）曾经在一篇译文的按语中，对当时该版发表的部分新小说提出反省说："一般来说，多数侧重于形

---

① 威廉·占姆士今通译威廉·詹姆斯。

式的标新立异，以致忽略了内容……"刘以鬯先生六二年在《星岛晚报》连载的小说《酒徒》就不是这样，它融汇了《浅水湾》上面讨论过的现代小说技巧，但又不是在形式上标新立异，它的形式和内容是结合得非常圆满的。

关于《酒徒》在运用意识流技巧上的创新，已经有不少人讨论过了，这里就本文讨论的主题，集中看这新技巧如何移用于香港的现实。这小说因为主角是一个酒徒，所以面具、意识流等技巧用得不觉突兀，作者时时可以通过酒徒的面具发言，而主角的自我分裂、内心的起伏挣扎，也有了具体的依据，可以令读者共鸣。

但作者之运用新技巧，并不是为新而新，是有一个目的、有一个理由在背后的。我们试从比较中看看。谈小说中的意识流技巧都会谈到乔也斯的《优力栖斯》，《酒徒》里也多次谈到这部小说。让我们先从这小说中拿一段出来看看。下面是写杜柏林街景的一节，试译如下：

满城过去了，满城的来，也过去了：其他的来，其他的去。房子，一列列房子，街道，一哩哩行人路，砌起的砖，石头。易手。这个业主，那个。他们说业主永远不死。当他宣布放弃的时候别人取代他的位置。他们用金子买光那地方而他们仍拥有所有的金子。那里一定有骗局，在城市里堆叠起来，一年一年侵蚀。沙漠里的金字塔。用面包和洋葱建造。奴隶。万里长城。巴比伦。只剩下巨大的石头。圆塔。余下瓦砾，连绵郊野，柔软，卡云草菇形房子，用微风建造。夜晚的居所。

谁也不是什么。

在这一段里，布隆看着街道上的一切，我们随着他的意识漂流。外面世界是那么复杂，他只是个平凡的人，许多事情说不清楚。他看到片段的现象，隐约感到财富控制在某些人手里面，但他只知道"那里一定有骗局"，没法分析出来。于是他继续联想，想象，让意识漂流。

我们再来看《酒徒》中这一段：

病态的夜。澳门即将赛狗。中环填海区发展计划，通俗音乐的歌词有太多的"你爱我"与"我爱你"。曹雪芹与乔也斯的遭遇颇多相似之处，乔也斯在瑞士时穷得必须接受别人的施舍，曹雪芹也度着"举家食粥酒长赊"的日子。乔也斯的《优力栖斯》曾遭受卫道之士的毁谤，曹雪芹的《石头记》也被乾隆皇上的堂弟目为怨谤之作。（第三十四章）

比较之下，我们立即发觉两段文字方法不同，目的也是不同的。《酒徒》这段文字有实指、有批评、有较分析性的语

317

法。为什么呢？这与小说的主题是相关的：酒徒本来是一个爱好严肃文学的人，在商业社会中被迫写流行小说，充满了自嘲和矛盾，好像接受现况又不甘心，他对商业文化看不过眼，对好作家备受冷落感到不平，这段文字引向后面的结论："好的文章一定会被时代发现的。"酒徒在文内屡屡忍不住对文学发言，正是一种补偿作用，也是他另一面的流露。不放任意识漫游，不规避直接的批评和议论，正因他有他的态度。《酒徒》之用新技巧，不是为新而新。书中这种不轻易追随商业社会流行意识，难以当商品消费的文学技巧正是对抗商业文学的一种抗衡文字。

《酒徒》写于一九六二年，里面提到中国新文学的小说或外国小说，都强调它们的创新和艺术性。这在当时的中国大陆，或作为商业化社会的香港，都是不被采纳的标准，所以作者只能假酒徒醉语，说出心中真话，我觉得《酒徒》是一本关于小说的小说。如果用当代西方 meta-fiction（元小说）的观念来看《酒徒》，可以发觉《酒徒》有这种对小说技艺的反省。这种对小说作为小说的自觉，无疑是一种现代文学的精神。但另一方面它又绝不是文字游戏，不是脱离外界自存的纯粹艺术，它始终是关涉当时的时空的。小说里面提到许多西方现代小说，但不能就此以西化视之。如果回顾当时中国大陆译介西方文学的方向，回顾当时过分强调主题的作品，又或者香港社会上充斥的商业化的作品，《酒徒》之强调小说的艺术性，重提并继承某些优秀而被忽略了的"五四小说"的传统，就有它的历史意义了。

．．．．．．．．．．．

刘以鬯的《酒徒》有运用面具、意识流、内心独白等新技巧，但加以自己适当的转化，而最重要的是他在中国新文学史上一个小说艺术被低贬的时代，对小说技巧自觉，对"五四传统"重新评价，令《酒徒》成为"五四"以来第一本有这种反省的、关于小说的小说。

（原载《星岛晚报·大会堂》，一九八四年二月十五日）

# 刘以鬯作品年表

## 一、小说集

1948年10月，《失去的爱情》（中篇，上海桐业书屋）

1951年9月，《天堂与地狱》（短篇、微型，香港海滨书屋）

1952年6月，《第二春》（中篇，香港桐业书屋）

1952年10月，《雪晴》（中篇，新加坡南方晚报社）

1952年12月，《龙女》（中篇，新加坡桐业书屋）

1957年，《星加坡故事》（中篇，香港鼎足出版社）

1958年，《梦街》（中篇，香港海滨图书公司）

1959年5月，《私恋》（长篇，香港南天书业公司）

1959年，《天堂一角》（长篇，香港南天书业公司）

1959年，《演戏的人》（长篇，香港明德图书公司）

1961年8月，《蕉风椰雨》（中篇，香港鼎足出版社）

1963年10月，《酒徒》（长篇，香港海滨图书公司）

1964年4月，《围墙》（长篇，香港海滨图书公司）

1977年1月，《寺内》（中短篇集，台湾幼狮文化公司期

刊部）

1979 年 12 月，《陶瓷》（长篇，香港文学研究社）

1984 年 8 月，《一九九七》（中短篇集，台湾远景出版事业公司）

1985 年 5 月，《春雨》（中短篇集，香港华汉文化事业公司）

1993 年 7 月，《岛与半岛》（长篇，香港获益出版事业有限公司）

1993 年 12 月，《对倒》（长篇，北京：中国文联出版公司）

1994 年 5 月，《黑色里的白色白色里的黑色》（中短篇集，香港获益出版事业有限公司）

1995 年 5 月 18 日，《蟑螂》（英译本，中短篇集，香港中文大学翻译中心）

1995 年 5 月，《他有一把锋利的小刀》（长篇，香港获益出版事业有限公司）

2000 年 12 月，《对倒》（长篇、短篇合集，香港获益出版事业有限公司）

2001 年 4 月，《打错了》（微型，香港获益出版事业有限公司）

2003 年 4 月，《对倒》（法译本，长篇，法国 Editions Philippe Picquier）

2003 年 7 月,《酒徒》( 长篇修订版, 香港获益出版事业有限公司 )

2005 年 3 月,《异地·异景·异情》( 中短篇集, 香港文汇出版社有限公司 )

2005 年 5 月,《模型·邮票·陶瓷》( 长篇、中篇、短篇、微型合集, 香港获益出版事业有限公司 )

2007 年 11 月,《天堂与地狱》( 短篇、微型, 香港获益出版事业有限公司 )

2010 年 6 月,《甘榜》( 短篇, 香港获益出版事业有限公司 )

2010 年 11 月,《热带风雨》( 短篇, 香港获益出版事业有限公司 )

2011 年 7 月,《吧女》( 长篇, 香港获益出版事业有限公司 )

2014 年 10 月,《酒徒》( 韩译本, 长篇, 韩国京畿道坡州市创评出版社 )

2015 年 10 月,《酒徒》( 注本, 长篇, 台北行人文化实验室 )

2015 年 10 月,《对倒》( 注本, 长篇、短篇合集, 台北行人文化实验室 )

2016 年 7 月,《香港居》( 长篇, 香港获益出版事业有限公司 )

2018 年 7 月，《故事新编》[ 中篇小说选，中华书局（香港）有限公司 ]

2019 年 7 月，《蓝色星期六》（中篇小说选，香港获益出版事业有限公司）

2023 年 7 月，《马来姑娘》[ 中篇，中华书局（香港）有限公司 ]

## 二、散文集

2003 年 6 月，《他的梦和他的梦》（散文集，明报月刊，明报出版社）

2023 年 7 月，《同道心影——记忆中的文友》[ 散文集，中华书局（香港）有限公司 ]

## 三、评论、杂文集

1977 年 9 月，《端木蕻良论》[ 文学评论，香港世界出版社；2021 年 7 月，中华书局（香港）有限公司出版增订本 ]

1982 年 4 月，《看树看林》（文学评论，香港书画屋图书公司）

1985 年 2 月，《短绠集》（文学评论，北京：中国友谊出

版公司）

1997 年 8 月，《见虾集》（评论、杂文，辽宁教育出版社）

2002 年 7 月，《畅谈香港文学》（评论、随笔，香港获益出版事业有限公司）

2007 年 12 月，《旧文新编》（杂文，香港天地图书有限公司）

## 四、选集

1979 年 12 月，《刘以鬯选集》（小说、散文、评论，香港文学研究社）

1981 年 8 月，《天堂与地狱》（中短篇集，广州：花城出版社）

1991 年 4 月，《香港文丛·刘以鬯卷》［诗、小说、散文、评论合集，三联书店（香港）有限公司］

1994 年 9 月，《刘以鬯实验小说》（长篇、中篇、短篇、微型合集，北京：中国人民大学出版社）

1995 年 12 月，《刘以鬯中篇小说选》（中篇，香港作家出版社）

1998 年 10 月，《龙须糖与热蔗》（小说、随笔合集，北京：新世纪出版社）

2001 年 5 月，《刘以鬯小说自选集》（中篇、短篇、微型合集，天津：百花文艺出版社）

2001 年 9 月，《不是诗的诗》（小说、散文、剧本、评论合集，香港获益出版事业有限公司）

2001 年 12 月，《过去的日子》（中短篇集，上海：百家出版社）

2003 年 12 月，《多云有雨》［微型、短篇合集，三联书店（香港）有限公司］

2009 年 1 月，《刘以鬯小说集》（长篇、中篇、短篇、微型合集，香港明报月刊、新加坡青年书屋）

2014 年 7 月，《香港当代作家作品选集·刘以鬯卷》，（小说、散文、评论合集，香港天地图书有限公司）

2017 年 9 月，《迷楼》（中篇、短篇、微型合集，成都：四川人民出版社）

2022 年 4 月，《椰风蕉雨》（中篇、短篇、微型合集，成都：四川人民出版社）

## 五、译作

1974 年 5 月，《人间乐园》（乔·卡洛儿·奥茨原著，香港今日世界出版社）

1980 年，《娃娃谷》（积琦莲·苏珊原著，香港青鸟出

版社）

1982 年 5 月，《庄园》（以撒·辛格原著，台湾远景出版公司）

本表基本上不收异地中文重版本，资料由刘以鬯夫人罗佩云女士提供并修正，编者做了补充和新的分类。——2023 年 9 月 1 日注我是不希望有个镀金的灵魂的，却惧怕黑色占领我的心房。

思想是稻草，突然忘记昨日的风雨以及逝去的蝉鸣。